中公文庫

愛なき世界（上）

三浦しをん

中央公論新社

目次

愛なき世界（下）目次

愛なき世界（上）

一章

洋食屋「円服亭《えんぷくてい》」は、東京都文京区本郷の高台にある。ちょうど、国立T大学の赤門の向かいあたり、本郷通りから細い道にちょっと入ったところだ。

場所柄、円服亭の客にはT大の学生や教職員が多い。もちろん、周辺に会社もたくさんあるので、昼どきともなれば、腹をすかせた幅広い年齢層の人々で店内はごった返す。といっても、テーブル席が八つばかりの小さな店だ。すぐに満席になってしまい、店のまえの道にドジョウほどの列ができることもしばしばだった。

円服亭の住み込み店員である藤丸陽太《ふじまるようた》は、「もう少し宣伝すれば、ドジョウを大ウナギにすることもできるのになあ」と思っている。思うだけでなく、円服亭店主の円《つぶら》谷正一《やしょういち》に何度も進言したのだが、てんで相手にされない。

「バカヤロウ！　半人前のくせに、なに商売っ気出してんだ。いいからおめえはとっととタマネギ刻め」

「だけど大将、このあいだもミニコミ誌の取材を断っちゃったでしょう。もったいないと思うんすよ。いま『谷根千《やねせん》』っつって、T大の東側のほうはオシャレスポットになってるし。老若男女が詰めかけて、ぞろぞろ歩きしてるらしいじゃないですか」

「『そぞろ歩き』な」

「とにかく、そのひとたちがT大の構内を抜けて、こっちにも来てくれるかも。つぶれかけた円服亭を建て直すチャンスなんすよ、大将！」

「バッキャロウ！　うちはつぶれかけてなんかねえ！　むしろ腰痛になるほど忙しくて困ってんだ、立て直す必要などなし！」

藤丸は建物の物理的な「建て直し」を提案したのだが、円谷は店の経済的な「立て直し」だと思いこみ、提案を却下した。二人は常にこの調子で、意思の疎通に問題があるのだが、互いに極めてマイペースだからか、「問題がある」とはまったく認識しておらず、なんだかんだで師弟のあいだはうまくいっている。

今回も会話は嚙みあわぬままとなり、「そうかなあ。売り上げを増やして、建て直したほうがいいと思うんだけど」と、藤丸は釈然としない思いで首をひねる。

円服亭は古い。二階建ての箱状の建物だが、蔦《つた》で覆われた外壁には、実は少々ヒビが入っている。店の二階で寝起きする藤丸は、うっかり畳に落としたガラスコップが、落としただけとは思えぬ勢いで部屋の隅まで転がっていくのを目撃した。心霊現象でないならば、建物が傾いているのだ。

「だいたいね」

と円谷は言う。「ここは住宅街でもあるんだから、これ以上お客さんが来たら、列が邪魔になって近所に迷惑だろう。身の丈に合った商いをすりゃいいんだ」

話はこれまで、と読んでいた新聞を畳み、円谷は厨房に行ってしまった。藤丸はため息をつき、テーブル席を再び台布巾で拭きはじめる。昼の客足が引き、遅めの休憩にようやく入ったところだ。

円服亭は夕方五時から営業を再開するので、あまりゆっくりはしていられない。店内を軽く掃除したら、円谷が作ってくれる賄《まかな》いを手早くかきこみ、すぐに夜に向けた仕込みをする必要がある。

紅白のチェック柄をしたビニール製のテーブルクロスを、藤丸は丁寧に拭きあげた。床にゴミが落ちていないか、椅子の座面は汚れていないか、各テーブルに置かれた一輪挿しの花は枯れていないかなど、入念に確認する。

店主の円谷は頑固かついいかげんという困った性格の持ち主だが、料理に対する姿勢と腕前はたしかだし、身なりも常に清潔さを保っている。必然的に、店員である藤丸への要求も厳しく、掃除の手を抜こうものなら「バカヤロウ」の嵐が吹きすさぶことだろう。藤丸も円谷の紡ぎだす味が大好きだし、円服亭での生活を気に入っているので、もちろん円谷の言いつけをきちんと守り、店内のわずかな埃《ほこり》も見逃さぬよう目を光らせている。

大将もなあ、女に弱くさえなけりゃ、言うことなしなひとなんだけど。

藤丸はテーブルに飾られた黄色いマーガレットを眺める。店の花は三日に一度、本郷通り沿いの花屋の女性店主が持ってきてくれる。なにを隠そう、彼女が円谷の彼女である。円谷は十歳も年下の女性と恋仲になり、いまは花屋の二階で同棲中だ。十歳下といっても、円谷が七十歳ぐらいなので、花屋の女性店主も還暦前後だ。「はなちゃん」と、円谷にならって藤丸も彼女のことを呼んでいるが、本名なのかどうかわからない。花屋のはなちゃんって、できすぎだろう、と藤丸は思う。

はなちゃんは夫を亡くし、実家の花屋を一人で切り盛りする、「肝っ玉母さん」風の明るい女性だ。息子はとっくに成人し、大阪に住んでいるらしい。対する円谷は、円服亭の二代目として、若いころから料理一徹。一徹すぎたのがいけなかったのか、いいかげんな部分が災いしたのか、奥さんと娘二人は遠い昔に出ていってしまったそうだ。

「当時は店の空気がぴりぴりしててねえ」

とは、常連客その一の証言だ。「客の消化に悪いってんで、テーブルごとに胃薬が常備してあるぐらいだったんだから」

「そうそう。その空気の影響か、カレーだって激辛になっちまってた」

と、常連客その二もうなずく。

それは絶対嘘だと思うが、とにかくすったもんだのすえ離婚ということにあいなり、以降四十年ほど、円谷はぷらぷらと独身生活を謳歌《おうか》している。その間《かん》、泣かせた女は数知れず。とは本人談だ。常連客の証言をまとめると、「正《しょう》ちゃんは休みの日にゃあ、パチンコぐらいしかすることない生活だったよ」とのこと。

ところがはなちゃんといい仲になり、円谷はすっぱりパチンコをやめ、円服亭から徒歩五分の距離にある花屋の二階へさっさと引っ越してしまった。やはり円服亭倒壊の危機を察知したからではないか、と藤丸は勘繰っている。ミニコミ誌の取材でもなんでも受けて、早く建て直してほしい。それはともかく、円谷は柄にもなく店内に花を飾るようになったり、休日には一緒に箱根の温泉へ出かけたりと、はなちゃんの尻に敷かれ気味なのだった。

円谷が花屋へ居を移したことで、円服亭の二階があいた。藤丸が円服亭に就職できたのは、そのおかげとも言える。ことの次第は以下のとおりだ。

藤丸は東京の立川出身である。高校を卒業して、お茶の水の調理師専門学校に入った。大学へ行ってまで勉強したいと思えることもなく、しかし料理は子どものころから好きだし得意だったので、「じゃあ調理師免許を取って、料理人になろう」と単純に考えた。

会社員の両親は、「そうねえ、手に職をつけるのはいいんじゃない」「一流の料理人は、包丁一本あれば世界じゅうどこでも生きていけるというしな」と、藤丸の進路選択に賛成してくれた。四つ下の弟は思春期まっさかりで、地蔵のように無口だったが、それでも「にいちゃんの飯はうまい」とぼそりと言ったので、たぶん応援してくれたのだろう。

藤丸は熱心に専門学校に通った。栄養学の授業を受けていると、魂が眠気に誘われて浮遊しそうになることもあったが、根性でノートを取った。実習のほうは、手際よく野菜を面取りし、華麗に魚をさばきと、まさに水を得た魚。だんだん複雑な料理もできるようになり、学業のかたわら、学校から紹介された飲食店でアルバイトとして使ってもらった。和食の店で皿洗いをしつつ出汁《だし》の取りかたを学んだり、イタリア料理店で接客をしつつトマトの種類ごとの味の特徴を覚えたりした。

バイト代が出ると、気になる店を食べ歩いた。立川で生まれ育った藤丸にとって、お茶の水周辺はほとんど馴染みのない土地だったが、それでも食への執念に似た嗅覚《きゅうかく》を働かせ、「これは」という店をいくつか見つけた。

そのなかで藤丸の舌と心をもっともとらえたのが、本郷にある円服亭だった。

洋食屋と銘打ってはいるが、円服亭のメニューはカオスだ。ハンバーグ、ビフテキ、カレーライス、オムライス、チキンカツ、ナポリタンといった定番料理とともに、なぜかラーメンや八宝菜もある。煮魚定食も人気だし、秋には秋刀魚《さんま》定食もメニューに加わる。実態は和洋中を取りそろえた、「町の食堂」といったところだ。たぶん、客の要望に応えるうちに、わけのわからないラインナップになっていったのだろう。

調理から接客まで、頑固そうな痩身《そうしん》の店主が一人ですべてこなしており、昼どきなどは心得た常連客が勝手にコップに水を汲んだり、一見《いちげん》さんにおしぼりを配ってあげたりしている。いつもぴかぴかに磨きあげられた床は飴色《あめいろ》で、道に面した木枠の窓からはやわらかい光が差しこむ。ドアには真鍮《しんちゅう》のベルがつけてあって、まろやかな音で客の出入りを知らせた。

活気にあふれた昼とは打って変わり、夜になると近所の老夫婦が額を寄せるようにして互いの料理をわけあう。ちょっとおしゃれをした家族連れが、楽しそうに笑いあっていることもある。ビールを片手に、黙々と本を読みながら一人で夕食を摂るひともいる。

すべてがいいムードだ。何度か円服亭に足を運んだ藤丸は、「この店で働きたい」と感じた。なによりも、味が素晴らしい。奇をてらったことはしておらず、しかし丁寧に作っているのが伝わってくる。押しつけがましくない深みがあり、毎日食べても飽きない味だ。つまり、おんぼろの外観、店主の愛想のなさを裏切って、予想と期待以上においしい。しかも値段が手ごろだ。料理人としての気概と実力が感じられる名店と言ってよかろう。

にわか評論家と化して内心でうなずいた藤丸は、専門学校卒業をまえに、履歴書を持って円服亭へ行った。そのときはじめて、店主の名が円谷正一だと知ったのだが、当の円谷氏は素っ気なく、「いま募集してないから」と言った。食い下がってみても、「しっ、しっ」とぞんざいに手を振り、読んでいた新聞を壁のように顔のまえに広げる。

売りこみは失敗に終わり、藤丸はすごすごと店を出た。すっかり円服亭で働く気になっていたので、「これからどうしよう」と困惑したが、無職というわけにはいかない。専門学校卒業後、講師のお墨付きをもらって赤坂のイタリア料理店に就職し、二年ほど修業した。

しかし円服亭への未練断ちがたく、ある冬の日、再び履歴書を持って店を訪ねた。

「あ、いいよ」

と円谷は言った。「いつから働ける？」

せっかく書いたのに、履歴書には目もくれない。急転直下の出来事に、藤丸は「はへ？」とまぬけな返答しかできなかった。さらに円谷は親切にも、二階に住んでいいとまで言う。

藤丸は就職を機に、中野のボロアパートで一人暮らしをしていたのだが、まだ若い料理人の給料はそんなによくない。かといって飲食店は、閉店後も片づけをするものだし、朝早くから仕込みをしなければならないときもあるので、立川から通うのは難しい。家賃を浮かせられればいいのにと思っていたところだった。

そんなこんなで、渡りに船。藤丸はイタリア料理店に退職を申し出、一カ月後には念願かなって、ついに円服亭の住み込み店員となった。

以来、半年。藤丸は円谷の厳しい指導のもと、円服亭の味を体得すべく、充実した日々を送っている。

常連客からもたらされる情報や円谷の言動から推測するに、藤丸が二度目に「雇ってください」と訪ねていったとき、円谷は花屋の二階ではなちゃんと同棲したいと考えていたらしい。しかし円服亭は、シャッターもない職住一体型の建物。いくら物理的に傾いているとはいえ、空き巣が入るかもしれず、夜間に無人になるのは物騒だ。

そこで円谷は、「ひとを雇うなんて面倒くさい」という従来の方針をあっさり覆し、のこのこやってきた藤丸を捕獲したのだった。料理人としてというより、用心棒としての採用だ。ついでに言うと、円谷は藤丸の一回目の就職懇願をまったく覚えていなかった。

そもそも料理の腕前を確認もせず、「あ、いいよ」なんて、おかしいと思った。藤丸は憤慨する。ひとのことを金属バット扱いして。でも、大将らしいよな、とも思う。円谷はいいかげんなのだ。たとえ藤丸がまったく料理ができなかったとしても、「もともと俺一人で作ってたんだから、なにも問題ねえ」といったところなのだろう。数に入れられてない、とがっかりもするが、「さすが大将、かっこいい！」と誇らしくもある。

早く一人前と認めてもらえるよう、厨房に立つ円谷に張りついて手もとを観察する。デミグラスソースの鍋のかきまぜかたにも、ハンバーグの火の入れかたにも、深遠なる技とコツがひそんでいる。それらを全部、目で盗みたい。円谷にはいつも、「おめえは背後霊か、でかい図体《ずうたい》して鬱陶《うっとう》しい！」と怒られているが。

藤丸が住む円服亭の二階は、六畳と四畳半が縦に並んだつくりで、小さな台所と風呂とトイレもついている。細い道に面した六畳間に布団を敷いて寝起きし、窓のない四畳半に卓袱台《ちゃぶだい》を置いて、ご飯を食べたりテレビを見たりする。といっても、昼食と夕食は店で賄いが出るので、自炊するのは簡単な朝ご飯と休日ぐらいだ。

賄いは円谷が作ってくれることもあるし、藤丸に任せてくれることもある。中途半端に鍋に残ったカレーやシチューを、片づけてしまおうかという日もある。円谷の賄いを食べるのも、自分で賄いを作るのも、すべて修業だと思って、藤丸は真剣に向きあっている。

ハムカツを揚げても、ナポリタンの麺の茹で加減ひとつとっても、当然ながら藤丸はまだまだ力不足だ。「どうして大将みたいに、カリッとジューシーに揚がらないのかなあ」「ナポリタンに『アルデンテ』という概念はないみたいだ。にもかかわらず、のびているのでも硬すぎるのでもない、この絶妙の茹でっぷりを再現するには……」などと、試行錯誤を繰り返している。

熱意を認めてもらえたのか、最近では野菜を切るなどの下ごしらえだけでなく、ソースを作る手伝いや、煮魚の火の番などもさせてもらえるようになった。「ちがーう！バカヤロウ！」と怒鳴られるのはあいかわらずだが、藤丸はへこたれない。料理が好きだからだ。食材をまえに、「これとこれを組みあわせてみたらどうだろう」と夢想すると、わくわくしてくる。円谷の料理を食べた人々が笑顔になるのを見るとうれしい。自分も下ごしらえや接客で、ちょっと貢献できていると思えば、なおさらだ。

野菜をせっせと切っていると、たまに藤丸は不思議な気持ちになる。迷路のごとく複雑に張りめぐらされたキャベツの葉脈《ようみゃく》。大根の断面の透きとおるような白さと、白さのなかに精密な模様が描かれている様子。どこまでも出汁や油を吸うナスのスポンジ感と、目には見えぬ輪を縁取《ふちど》るように並んだ小さな種。

切った野菜を明かりに透かして、すごいなあと見入ってしまうことがある。どれもこれも、だれかが設計図に基づいて作ったみたいに、うつくしく精妙だ。野菜ばかりではなく、魚の内臓の配置、骨の形、目玉や鱗《うろこ》の質感も。

生き物を食べてるんだな、とそのたびに藤丸は感じる。こんなにきれいな仕組みと体を持った野菜やら魚やら肉やらを食べて、俺たちは生きてるんだ、と。なんだかおそろしいような気もする。

藤丸はうまく言葉にできずにいるが、つまるところ、死と生をつなぐものだから、料理という行為が好きなのだった。

さて、料理一徹の師匠円谷を見習い、すっかり料理バカと化して、休日も食べ歩きや自室での実作に夢中になっている藤丸だが、交際面ではどうかというと、これが円谷に似ずさっぱりときた。

「藤丸くんも、たまにはデートぐらいすればいいのに。だれかいないの？」

と、隣にあるクリーニング店のおばちゃんにも心配されるぐらいだ。藤丸としては、仕事が充実しているし、特に気になるひとがいるわけでもないし、現状に満足している。

常連客のおじさんは、

「この店はほんと、名前倒れだよなあ。大将もやっとのことで、はなちゃんとつきあえるようになったんだよ。このひと、実際はそんなにモテないから。口ほどにもない」

と言った。

「うるせえな」

円谷が厨房から顔を覗かせた。「とっとと食って、ちゃっちゃと帰れ」

夜の営業時間帯は比較的すいているというのに、客を急《せ》きたてる。フロアに出て接客をしていた藤丸は、おじさんの要望に応え、グラスの白のおかわりをテーブルに運んだ。おじさんはアジフライをつまみに、ちびちびとワインを飲むのが好きなのだ。

その様子を見守りながら、藤丸はおじさんに尋ねた。

「名前倒れって、どうしてですか？」

「エンプク亭っていうのに、艶福家がいないだろ。藤丸くんも、若いのにちっとも遊びゃあしないし」

エンプクカってなんだろう。藤丸の頭上に大きな疑問符が浮かんだのが見えたのか、

「女のひとにモテモテ、って意味だよ」

とおじさんは教えてくれた。

「ああ」

藤丸はうなずく。たしかに、俺は女のひとにモテた覚えがないし、大将のいまの感じも、モテとはなんかちがうな。はなちゃんの言うことを聞いて、へこへこしてるもんな。うれしそうだからいいけど。

円谷がまたも厨房から顔を出し、

「おい、ワインは二杯までにしとけよ。かみさんに言いつけるぞ」

と、おじさんに忠告した。「それに、うちの店名は『円服亭』なの。『円を服用する』、つまりじゃんじゃんもうかりますようにって意味だ」

「えー。それってどうなんすか」

はじめて店名の由来を知った藤丸は、驚いて言った。「なんか、がめついっていうか……」

「ひとの親父のネーミングセンスにケチつけるんじゃねえよ」

円服亭二代目店主である円谷はそう言って、再び厨房に引っこむ。

「すみません」

と、フロアの一隅から声をかけられた。

「はい、ただいま」

藤丸は常連のおじさんのそばを離れる。藤丸を呼んだのは、五人連れの客だった。二人掛けのテーブルを三つくっつけ、すでにだいたい食事は終わったところだ。会計を申し出るのかと思ったのだが、話が盛りあがっているようで、全員がビールのおかわりを注文した。

伝票に記入し、サーバーからグラスにビールを注《そそ》ぐ。よし、きれいな泡ができた。藤丸は五つのグラスをお盆に載せ、慎重にテーブルへ運んだ。眼鏡をかけた若い女性が、「ありがとうございます」と言って、各人にグラスを手渡していく。

この五人も、ちょくちょく円服亭に来るひとたちだ。しかしどういう関係性なのか、どんな職業なのか、いまいちよくわからない。

五人の内訳は、男性が三人、女性が二人。男性のうちの一人は四十代半ばぐらいだろう。いつも黒いスーツを着ているが、ネクタイはしていない。葬式帰りか、仕事帰りの殺し屋みたいな、物静かを通り越して少々陰鬱《いんうつ》な雰囲気の人物だ。

残りの四人はというと、二十代半ばから三十代前半ぐらい。かれらはラフな恰好で、Tシャツにジーンズ、ゴム草履《ぞうり》やビルケンシュトックのサンダルを履いている。しかし、たとえば海に繰りだしてきゃっきゃと騒ぐタイプかというと、そうでもなさそうだ。真夏だというのに、日焼けしているものが一人もいない。しかも昨今めずらしいことに、四人のうちのだれも髪を染めていない。どちらかといえば、堅実で真面目そうな人々なのだった。

藤丸はかれらを店で何度か見かけた当初、T大の先生と学生かなと思った。だが、いまは夏休みの真っ最中だ。そのおかげで、昼どきの混雑も少し緩和されたほどで、最近はあまり学生の姿を見かけない。

ところがかれらは、夏休み期間中もしばしば店にやってくる。五人そろってのこともあれば、組みあわせを変えて二人とか三人のときもあるし、だれか一人がふらりと来る場合もある。じゃあ近所の会社のひとかなと思うも、なんというか勤め人の香りがしない。五人は常に、藤丸にはわからない話題に興じているのだが、それがとても楽しそうなのだ。

藤丸は会社勤めをしたことがないが、営業成績や取引先に関する話をしているのなら、いつもいつも楽しそうというわけにはいかないのではないか、と推測する。だいたい、かれらの話題は、営業成績や取引先についてではまったくないようなのだ。ではなんの話なのかと尋ねられたら、藤丸は困ってしまう。単語は聞き取れるし、確実に日本語をしゃべっていると思うのだが、まったく意味がわからないからだ。

ビールが行きわたって、会話を再開させたかれらはいまも、

「オーキシンの下流に……」

とか、

「MYB《ミブ》が……」

とか言っている。

オーキシン？　オキシジェン・デストロイヤーなら知ってるけど、と藤丸は首をか

しげる。

藤丸は先日、休みの日にひさしぶりに映画館へ行き、新作のゴジラを見たのである。それで興味が湧き、ネット配信の初代ゴジラもスマホで見て、小さな画面を通してでさえ、深い感銘を受けたのである。勢いこんで円谷に、「もしかして大将、円谷監督のご親戚ですか」と聞いたら、「ご親戚じゃねえよ、残念ながら」という返答だったので、ちょっとがっかりした。

とにもかくにも、五人の客の正体は不明のままだ。かれらは九時半ごろに帰っていった。十時まで粘った常連客のおじさんは、円谷の目をかいくぐって三杯目の白ワインを胃に収め、上機嫌だった。

閉店後は円谷と二人で一時間ほど、片づけと翌日の仕込みをする。それが終わると、円谷は花屋のはなちゃんのもとに帰り、藤丸は厨房の脇にある階段から二階へ上がる。

夏なので、二階の六畳間の窓は開けっぱなしだ。網戸も開けて顔を出すと、向かいの家の玄関先に生えたムクゲの木が、眼下で白い花をいっぱいにつけているのが見える。本郷通りから車の走る音が聞こえてくる。

藤丸はシャワーを浴び、冷蔵庫に入れてある作り置きの麦茶を飲んだ。今日も一日、よく働いた。六畳間に布団を敷き、タオルケットを腹に載せて横たわる。

目覚ましをかけなければと、スマホを手に取る。友だちからのＬＩＮＥやメールの着信はひとつもなかった。俺ってもしかして、さびしい生活なのかなとふと思ったが、すぐに眠気に負けた。

電灯から長く垂らした紐《ひも》を引っぱり、部屋の明かりを消す。スマホはいつもどおり、七時に鳴るようセットした。蒸し暑い空気を押し返すかのように、蟬《せみ》が必死に鳴いている。緑の多いＴ大の構内で羽化した蟬かもしれない。「それで、オーキシンってなんなんだろう」というのが、その夜の藤丸の最後の思考だった。

数日後、円谷が妙にうきうきしていると思ったら、近所の自転車屋がぴかぴかの自転車を納品しにきた。自分で乗ってきたのは、ご愛敬《あいきょう》だ。

円服亭のまえに停められた空色の自転車を、藤丸は驚いて眺めた。後輪のうえに、縦長の銀色の箱が装着されていたからだ。ラーメン屋さんの配達バイクのようだ。しかし問題は、これがバイクではなく自転車だということで、

「え、配達もはじめるんすか？」

と、藤丸は円谷に尋ねた。「このへん、けっこう坂もあるし、自転車じゃ大変だと思うんですけど」

「だけど、おめえは免許持ってないだろ？」

と円谷は言い、横に立っていた自転車屋のおやじも、笑顔でうんうんうなずいた。

「ええっ、俺が配達するんすか！」

「バカヤロウ、あたりまえだろうが！　俺は腰が痛いんだよ。このうえ配達なんかしたら死んじまう」

事前に相談してほしかったなあ、と藤丸は思ったけれど、円谷に言っても無駄なので、「まあいいか」と諦めた。円谷がいいかげんなのはたしかだが、藤丸も呑気《のんき》さの度合いでは負けていないのである。

円谷によると、円谷の父親が円服亭の店主だったころは、家族総出で店をまわしていたため人手がたりており、配達も行っていたのだそうだ。配達係は跡取り息子だった円谷が主に務め、あたたかいうちに届けられる洋食は、近隣住民やT大の教職員に大人気だったとか。ちなみに当時、円谷は配達にバイクを使っていたそうだ。大将、自分だけ楽をして、と藤丸は少々恨めしかった。

円谷は自転車屋に代金を払い、さっそく貼り紙を作りはじめた。

「いまは惣菜屋やコンビニも多いから、どこまで需要があるかわかんねえけど。まあ、せっかく若い労働力を手に入れたことだし、ちょっと事業拡大してみるのも悪くねえだろ」

そう言いながら黒いマジックペンで、「デリバリーはじめ□（※夜営業の時間のみ）お電話ください」と大書《たいしょ》する。藤丸は手渡された紙を、レジのうしろの壁に画鋲《がびょう》で貼った。

効果は、早くもその日のうちに表れた。

昼どきに、例の黒いスーツを着た陰鬱そうな男が一人でやってきて、物憂げにカレーライスを注文した。ひょろっとしているわりに大盛りだ。彼は飯粒ひとつ残さずにカレーライスをたいらげると、食後のコーヒーを、イギリス貴族が紅茶を飲むときのように優雅に味わっていた。

接客と調理に追われつつ、藤丸は男の様子を観察した。昼休みの残り時間とのにらめっこで、店内の空気はややもすると殺気立っているというのに、男のまわりだけ静けさが漂い、なんだか植物じみている。

ま、大盛りのカレーライスを食べる植物はいないけど。新たにやってきた客が、店のドアのまえで待っているのが見えたので、藤丸はさりげなく、男のテーブルから食べ終えた皿を下げた。男はそれでようやく、店が混んでいることに気づいたらしい。夢から覚めたようにハッとなって、コーヒーをあわてて飲み干し、席を立った。

藤丸は持っていたお盆を厨房のカウンターに置いて、男の会計をするためにレジに向かう。

レジのまえに立った男は、藤丸よりも少し背が低かった。髪の毛は額を出す形できっちりと撫でつけられ、細い銀縁《ぎんぶち》の眼鏡をかけている。「真面目」を絵に描いたような出で立ちだ。しかし、殺し屋のようないつもの黒いスーツといい、短く切りそろえられた爪に、なぜかわずかな土汚れがついていることといい、どうもちぐはぐな印象だった。

まさか、だれかを殺して埋めてきたところじゃないよなと、藤丸は眼前の男をますます観察する。男は淡々と、夏物のスーツの胸ポケットから、むきだしのままの千円札を一枚取りだした。札は少し皺《しわ》が寄っていた。神経質そうにも見えるのに、財布を使わないのだろうか。藤丸が釣り銭を差しだすと、男はそれを受け取りながら、

「宅配をしてくれるのですか」

と言った。店で何度も顔を合わせているが、男が藤丸に話しかけてきたのははじめてだった。男の視線は、藤丸の背後、壁の貼り紙に注がれていた。

「はい。チャリなんで、あんまり遠くには行けないんすけど」

「大丈夫、すぐ向かいです」

男は全身のポケットをはたき、ズボンの左尻ポケットから一枚の名刺を取りだした。

「お願いすることがあるかもしれません。そのときは、ここへ届けてください」

男はそう言い、藤丸に名刺を渡した。角がちょっとよれていた。名刺ケースも使わないんだな、と藤丸は思った。

藤丸がもらった名刺には、こう書かれていた。

T大学　大学院理学系研究科　生物科学専攻（理学部B号館　361号室）
教授　松田賢三郎

四十代半ばに見えるのに、T大の教授なのか。よくわかんないけど、それってすごいことなんだろうなあ。

藤丸が名刺を手にそんなことを考えているあいだに、松田賢三郎《まつだけんざぶろう》というらしい男は会釈して店を出ていった。あわてて、「ありがとうございました」と黒いスーツの背中に声をかける。

殺し屋じゃなかったんだな。そりゃそうか。松田を見送り、表で待っていた客を店内に招き入れながら、藤丸はがっかりと安堵とが入り混じった気持ちになった。松田の正体は判明したが、名刺に書かれた「生物科学」がどんな学問なのか、いまいちピンと来ない。生物というからには、動物について研究しているのだろうか。上野動物園も近くにあるし、パンダの生態とか……？　あ、パンダに敬意を表して、松田教授は常に黒いスーツと白いシャツを着用してるのかもしれないぞ。藤丸は一人うなずいた。

とにかく、松田がT大の先生だということ、松田とともに円服亭にしばしばやってくる若者たちは、T大の学生なのだろうということはわかった。藤丸は松田の名刺を大切にレジにしまった。

翌日の昼まえ、中年の女性の声で円服亭に電話がかかってきた。

「デリバリーをお願いします」

出前第一号だ。受話器を取った藤丸は意気込んで、「はい！」と答えた。

「ご注文とご住所をどうぞ」

「ナポリタン三つと、オムライス二つ。私、T大松田研究室の秘書をしております、中岡《なかおか》と申します。T大理学部B号館三六一号室まで届けていただけますか」

松田研究室！ 名刺を置いていった松田が、さっそく料理の宅配を依頼してくれたのだ。それにしても、秘書のひとって大学にもいるんだな。社長室にしか存在しないのかと思ってた。藤丸は伝票に注文の品を記し、

「はい、三十分以内にお届けできると思います。はい、はい、ご注文ありがとうございます」

と電話を切った。厨房の円谷に注文を伝え、ランチ客への対応をこなしつつ、準備しておいた巾着《きんちゃく》に、宅配時に使う釣り銭用の金を入れる。

レジの貼り紙には、デリバリーは夜営業の時間のみと記してあったのだが、松田はそこまで詳しくは見ていなかったらしい。藤丸ははじめての宅配依頼に浮き足立って

いたし、なによりも円谷当人が、貼り紙に書いた内容をすっかり忘れていた。結果として、円服亭は以降なしくずし的に、営業時間中はいつでもデリバリーに応じる店となるのだった。

とにもかくにも、ナポリタンとオムライスができあがった。藤丸はひとつひとつの皿にぴっちりとラップをかけ、保温の利く大ぶりの水筒にサービスのコンソメスープを注いだ。研究室に食器がなかったときに備え、フォークやスプーンとともに、スープ用のカップも五つ用意する。

それらすべてを、空色の自転車に取りつけられた銀の箱に積みこむ。仕上げに、レジにしまっておいた名刺を改めて眺め、「理学部B号館、三六一号室」と頭に叩きこんだ。T大は円服亭のご近所さんだが、藤丸もさすがに建物の内部を見たことはない。仕事という名目のもと、未知の世界に堂々と侵入できるのだと思うと、なんだかわくわくしてくる。

円谷も料理の手を止め、店外に出てきた。

「T大は広い。迷子になるなよ」

「はい」

「油売らずに、すぐ帰ってくるんだぞ」

「大丈夫ですって。大将、ハンバーグ焦げますよ」

「少々焦げても、人体には影響ねえ」

店の評判には影響あります、と藤丸は内心で反論し、自転車にまたがる。

「じゃ、いってきまーす」

「気をつけてな。料理をひっくり返したら、今日の賄い、抜きだからな」

藤丸は手を一振りし、ペダルに載せた足に力をこめた。宅配用の箱が予想よりも重く、車体がふらつく。しかしスピードに乗りはじめると、空色の自転車は安定を取り戻して進んだ。左手首に提げた巾着と、背後にぶらさがった宅配用の銀色の箱が、のんびりと左右に揺れる。

蟬が鳴いている。円服亭のある細い道から本郷通りに出たとたん、夏の強い日差しが照りつける。はね返すようにペダルを漕ぐ。こめかみに汗がにじむ。腕をかすめる風が心地いい。

本郷通りを渡り、あっというまにT大の赤門まえに着いた。藤丸は自転車を降り、赤門を見上げる。文字どおり、赤く塗られている。時代劇に出てくるような、立派な屋根のついた門だ。いや、門というよりも、「建造物」といったほうがふさわしい。なにしろ、円服亭なら三軒は収まってしまいそうなほどの横幅がある。T大本郷キャンパスは、江戸時代には加賀藩上屋敷だった場所なのだそうだ。赤門は当時の名残だと、以前に円谷が言っていた。

朝早くに目が覚めてしまったときなど、藤丸はT大構内を何度か散歩したことがある。そのときは、ひとの気配はほとんどなく、湿った緑のにおいが鼻腔をくすぐり、鳥の鳴き声だけが白みはじめた空に響いていた。だが、いまは大勢のひとが門の内外を行き交っている。T大の学生や教職員らしきひと、出入りの業者らしきひと。観光客らしき一団が、赤門を背景に写真を撮っている。

藤丸はなんとなく気おくれがした。「俺、T大の学生に見えるかなあ。無理だよな、エプロンしてるし、出前の箱がぶらさがってるし」と思いながら、守衛の目を盗むようにして、自転車を引き赤門をくぐる。空色の自転車も、心もとなさそうにからからと車輪をまわす。

構内に入ってすぐのところに、看板状の案内図が立っていた。建物を表す四角が、藤丸には無数とも思えるほど描かれている。それによると、目指す理学部B号館は赤門のすぐ近く、本郷通り沿いにあるようだ。よかった、料理が冷めないうちに届けられる。

藤丸は自転車を引きながら、構内を歩きだした。さして高くもない壁を隔てて、交通量の多い本郷通りがあるというのに、樹木が音を吸い取るのか、大学のなかはどことなく静謐《せいひつ》な雰囲気だ。

理学部B号館が、ほどなく行く手に見えてきた。

それは、とても古い建物だった。古いだけでなく、とてつもなく重厚かつ優雅だ。薄茶色をしたレンガ造りの三階建てで、地中から生えたみたいにどっしりしている。一部、四階があるようで、正面から見ると凸字型だ。けれど、無機質な印象はない。張りだしたファサードには、巨大なアーチが三つ横並びになっていた。その奥に、エントランスのドアがあるらしい。ファサードのアーチに呼応するように、外壁のレンガも、並んだ窓を縁取る形でさざなみのごとく弧を描いている。

直線と曲線が絶妙に融合した造形に、藤丸は感心した。こんな建物が現役で使われてるのか。すごいなあ。なにかの記念館みたいに、建物ごと展示保存してあってもおかしくないレベルだ。うやうやしくロープが張られていて、「土足厳禁」とか「お手を触れないでください」なんて書いてあるような。

ファサードへと至る数段の階段の下に自転車を停め、しばし様子をうかがった。藤丸の目のまえで、何人かの男女が建物に出入りした。土足厳禁ではないみたいだし、受付があるようでもない。だれもかれも、なんとも気軽な風情だ。

俺が入ってもとがめられることはなさそうだ、と判断し、藤丸は自転車から銀色の箱を取りはずした。左手に持ち、階段を上ってファサードのアーチをくぐる。

そのさきには、両開きのドアがあった。深い飴色の大きな木製ドアで、腰の位置までガラスがはめられている。まずは、ガラス越しに内部を覗いてみた。左右に階段のある玄関ホールが見えた。天井は高く、床には大理石が敷かれている。「相当煤《すす》けた鹿鳴館《ろくめいかん》」のような趣《おもむき》だ。建てられてからの年月が、空間の味わいを深めているとも言える。

煤けているとはいえ、鹿鳴館みたいな建物が校舎って、すごいよな。俺が通ってた高校なんて、単なる「灰色の箱」だったぞ。

またも感心しつつ、藤丸は真鍮製のドアノブに手をかけた。開かない。押しても引いても、ドアはちっとも動いてくれなかった。

え、なんで⁉　鍵を開けていたようには見えなかったのに、みんなどうやってこの建物に出入りしてたんだ？　藤丸は少々あせり、助けを求めてあたりを見まわした。折悪《おりあ》しく、付近にひとの姿はなかった。さらに言うと、ドアのガラスに「関係者以外立入禁止」と、小さな貼り紙がしてあることに気がついてしまった。貼り紙までもが年季が入っていて、筆文字なうえに紙が茶色く変色している。

まさか、暗証番号を入力するとか、指紋認証とか、そういう仕組みなのか？　藤丸はノブやドア横の壁を確認したが、そんな最先端のセキュリティーシステムを導入しているようには見受けられない。こうするあいだにも、銀色の箱のなかで料理は冷めていっているだろう。渾身《こんしん》の力で、がちゃがちゃとノブを押したり引いたりねじったりした。

すると、ガラスの向こうに人影が現れ、内側からあっさりとドアを開けてくれた。全体重をドアにかけていた藤丸は、たたらを踏むようにして玄関ホールに入った。なんとか体勢を立て直し、礼を言おうと、目のまえにいる人物に視線をやる。

ドアを開けたのは、小柄な女性だった。藤丸より少し年上、二十代半ばぐらいだろう。艶《つや》やかな黒い髪をひとつに束ね、眼鏡をかけている。Tシャツにジーンズ、ゴム草履という軽装だ。

藤丸はその女性に見覚えがあった。松田教授とともに円服亭に来る一団の一人だ。ビールを受け取って配ったり、仲間の注文を取りまとめたりと、さりげない気づかいをするのが印象的だった。

女性のほうも、藤丸の顔と、左手に提げている銀色の箱を見て、

「円服亭のかたですか？」

と言った。「部屋がわからないかもと思って、迎えにきたんです。ちょうどよかった」

「えっと、秘書の中岡さん……」

そう言いかけた藤丸は、すぐに「ちがうな」と思った。注文の電話をしてきたのは、もっと年嵩《としかさ》の女性の声だった。いま目のまえにいる女性は、風鈴みたいに涼しく軽やかな声をしている。

「いえ、中岡さんはお弁当を持参してるので。私は松田研究室の院生で、本村《もとむら》といいます」

どうぞ、こっちです、と本村は玄関ホールの右手にある階段を上りはじめた。藤丸

はあとにつづく。階段は板張りで、木製の手すりはゆるやかな曲線を描いていた。多くのひとが触れてきたからか、角が丸くなり、つやつやと仏像みたいな光沢を帯びている。

踊り場には、天井まで高さのあるガラスの展示ケースが設置されていて、なかには謎の物体が飾ってあった。巨大なヤシの葉みたいだが、真っ黒だ。「なんだろ、これ」と首をひねりながら通りすぎた藤丸は、三階のフロアに着いてようやく、「クジラのヒゲだったのかも」と思い当たった。

三階の廊下も板張りで、漆喰《しっくい》の塗られた天井はアーチ型の梁《はり》で支えられている。廊下の両側には、事務用棚や実験機具らしき金属製の箱がところ狭しと並んでいた。その合間に、木製のドアがいくつもある。ノブはやはり真鍮製だ。研究室や実験室へ通じるドアのようで、在室かどうかを示すコルクボードが掛かっていたり、「入室の際は靴を履き替えてください」という注意書きが貼ってあったりした。クラゲのポスターや、熱帯の鳥だろうか、色鮮やかな写真が貼ってあるドアもあった。

すべてがものめずらしく、藤丸はきょろきょろしながら廊下を進んでいたが、まえを行く本村のかかとにふと目をとめた。藤丸のかかとに比べると、同じ部位とは思えぬほど小さく、ほのかに朱が差してつるりとしている。うーん、きれいなかかとだなあ、と凝視しそうになり、気をそらすためにあわてて口を開いた。

「エントランスのドア、セキュリティーがかかってたんでしょうか」

「いいえ」

と、本村は振り返らずに答えた。「でもまあ、一種のセキュリティーと言えなくもないかもしれません」

本村は三階の角部屋のまえで足を止め、「ほら、ここも」とノブに手をかけた。「松田研究室」とプレートが貼られたドアだった。

「ドアごとちょっと持ちあげるようにするのがコツです。古くて、全体的に建て付けが悪くなってるので」

はじめて微笑んだ本村に気を取られているうちに、ドアが開く。室内を見た藤丸は、思わず「わあ」と声を上げた。

部屋のなかは緑でいっぱいだった。床のあちこちに鉢植えが置かれ、元気に葉を繁らせている。藤丸が見知ったような植物はひとつもない。サトイモの葉みたいに巨大なもの、蘭《らん》の一種かなと思われるもの、野菊《のぎく》のように地味なもの。いろいろな鉢があったが、どれも名前はわからなかった。笹《ささ》が見当たらないってことは、パンダの研究じゃないのかな、と藤丸は思った。

正面奥には窓があり、その窓辺にも小型の鉢が並んでいる。ただ、手前に置かれた衝立《ついたて》によって、窓の左半分ぐらいは隠れてしまっていた。衝立の陰から本や雑誌があふれて、床になだれ落ちている。

全体的に雑然としてはいたが、光と緑に満ちたあたたかい雰囲気の部屋だ。ドアから見て右手の壁際には、小さな流しと、机が二つ。左手の壁際には、机が三つ。いずれもパソコンが載っており、三人の若者が作業中だった。机よりうえの壁面は、天井まで作りつけの本棚で、洋書も含めて本がぱんぱんに詰まっていた。

部屋の中央には大机がある。本村は、「あそこにお願いします」と大机を指し、

「円服亭さんが来てくれましたよ」

と室内へ声をかけた。

パソコンに向かっていた若者たちが席を立ち、藤丸から料理や食器を受け取って、大机への配膳を手伝ってくれた。三十歳前後らしい男は川井《かわい》、二十代後半らしい女は岩間《いわま》、本村と同年代らしい男は加藤《かとう》と名乗った。やはりいずれも、円服亭で松田とテ

ーブルをともにしていた面々だ。

　川井は助教、岩間はポスドクで、加藤は院生とのことだったが、藤丸にはなにがなにやらわからない。「円服亭の藤丸です」と挨拶を返す。わからないといえば、デリバリーの際にどこまで給仕をすればいいかもわからなかったので、持ってきたカップにとりあえずスープをつぎわけた。

　配膳が完了した。「そうだ、お会計を」と、松田研究室の若者四人は、各自の財布を取りだしはじめる。助教の川井が財布を探して鞄に手をつっこみながら、

「松田さん」

と衝立に向かって呼びかけた。「昼飯ですよ、松田さーん」

　衝立の陰でごそごそとひとが動く気配がし、なだれた本をかきわけるようにして、研究室の主《あるじ》、松田賢三郎が姿を現した。松田はいつものクールな風情で、「やあ、ありがとう」と藤丸に言い、若者たちを制して、まとめて代金を支払った。巾着から出した釣り銭を藤丸が渡すと、松田はズボンのポケットに無造作につっこみながら席につく。後頭部の髪が盛大にはねていた。

「先生、寝てましたね」

と、岩間が冷静に指摘する。

「寝てませんよ。考えごとをしていました」

「なんでそんな、すぐばれる嘘つくんですか」

「この部屋、窓辺は日当たりがいいですもんね」

などと、岩間と本村は笑いあっている。藤丸はからになった銀色の箱を手に、「あの」と最前から気になっていたことを尋ねた。

「みなさんは、なんの研究をしてるんすか?」

いままさにオムライスやナポリタンを食べはじめようとしていたところだった室内の面々は、顔を見合わせた。やがて、全員の視線が集中した松田が、代表して答えた。

「植物学です」

円服亭に戻った藤丸を見て、

「なんだ、竜宮城にでも行ってきたみてえな顔して」

と円谷は言った。藤丸は「はあ」と答え、昼どきでにぎわう店内で接客にあたった。

ディナーまでの休み時間に、T大に食器を回収しに行った。本村に教わったとおり、エントランスのドアをちょっと持ちあげるようにしてノブをまわす。

冷房が効いているわけでもないようなのに、理学部B号館のなかはひんやりとして静かだった。松田研究室のドアは閉まっており、室内にひとがいる様子はない。だれかがサンダル履きで歩く音が、遠くから響くばかりだ。

食器はきれいに洗われて、ドアのそばの廊下に重ねて置いてあった。藤丸は食器を銀色の箱にしまい、何度も振り返りつつ研究室をあとにした。

円服亭に戻った藤丸を見て、

「なんだ、乙姫さまにフラれたみてえな顔して」

と円谷は言った。藤丸は「はあ」と答え、ジャガイモの皮を猛然と剝《む》いた。本村さんのかかとは、もっと小さくて丸っこかったなと思った。緑に侵食された研究室と、そこに集《つど》う人々の顔を思い浮かべた。

なぜこんなに心惹かれるのかわからぬままに、かれらが研究している植物学とはなんなのか、知りたいと願った。

円服亭がはじめた宅配サービスは、なかなか好調である。近所の老夫婦や、ランチミーティングをしたい会社、赤ん坊がいて外食しようにも準備が大変だという家族など、幅広い層から注文が入る。藤丸は空色の自転車に乗り、本郷界隈《かいわい》を走りまわった。並行して接客やら調理やら掃除やら、通常の業務もこなすので、夜は布団に横たわった瞬間に爆睡だ。

円谷はある晩、携帯を店に置き忘れたことに気づき、深夜に花屋から取りに戻ったそうなのだが、翌朝、深刻な表情で藤丸のいびきをこう評した。

「二階でおまえが熊でも飼ってるのかと思ったぞ」

それはまずいな、いびき防止用の鼻に貼るシールを買おうかな、と藤丸は検討し、

「いやいや、一人暮らしだし！」とすぐに却下した。現状、一緒に寝る相手もいないのに、こんな検討をしてしまうなんて。俺、色気づいてるのかな、と今度は自身の内心を検証する。しかし悲しいかな、枕に頭をつけて三秒も経たぬうちに眠りに落ちてしまうので、結論は出ないままなのだった。

松田研究室も、十日に一度程度は宅配を依頼してくれる。たまに割り勘のときもあるが、たいがいは松田が全員ぶんを支払う。

「先生は気をつかってくれてるんです」

と、本村は藤丸にこっそり言った。「私たちは研究にかかりきりで、バイトもできないから」

何度か研究室に出入りするうち、藤丸は少しずつ本村たちと打ち解けてきた。研究室の面々は土曜日も大学に来て、深夜まで実験をしたり論文を読み書きしたりしているようだった。ほとんど大学に住んでいるみたいなものだ。

本村たちがそこまで打ちこむ研究の内実を、藤丸はいまだ知らない。だが、同世代のひとたちが熱心に学問に取り組んでいるのだと思うと、「俺もがんばんなきゃな」と、ペダルを漕ぐ足、包丁を持つ手に、自然と力が籠《こ》もる。

九月も半ばになり、夏休みを終えた学生が大学に戻ってきた。そのころには藤丸も、学部生と院生のちがいを把握していた。

四年制の大学を卒業し、さらに専門的に研究したいものが進学するのが、大学院。T大理学部では、学部の四年間は視野を広く保つため、さまざまな講義を比較的自由に選択できる仕組みらしい。

そのためなのか、松田研究室には学部生はおらず、本村と加藤は大学院の院生である。大学院にも修士課程と博士課程があって、修士は基本的に二年、そのあとに進む博士は基本的に三年で、それぞれ論文を書かなければならないようだ。

藤丸としては、「うへぇ、そんなに何年もかけて勉強するのか」と驚くほかないのだが、さらに驚愕なのは、博士論文を書き、博士号を取ってからが、研究者としてはようやく本番。大学や企業の研究施設に籍を置き、自身の研究や実験に明け暮れるというのだから、これはもう筋金入りの探求心の持ち主たちだと言えるだろう。

ちなみに、ポスドクの岩間は博士号取得済みの研究者で、松田研究室に在籍している。助教の川井ももちろん博士号を取得していて、自身の研究と同時に大学での講義も受け持ち、学生の教育にあたっているそうだ。

藤丸も、一生をかけてでも円谷のような料理人になりたいものだと修業中の身だが、当の円谷はといえば、あいかわらず花屋のはなちゃんの尻に敷かれ、定休日には温泉やら歌舞伎見物やらに行っている。店でも、常連客とバカ話に興じることしばしばだ。ストイシズムという点では、松田研究室の面々とは雲泥の差があるように見受けられ、学問を極めるとは大変な道のりなんだなあと、藤丸は門外漢ながらおののくばかりなのだった。

後期の授業がはじまったおかげで人口密度が上がり、T大構内はにわかに活気づいたように見える。反比例して、蟬の声は徐々に厚みをなくしていく。

　残暑のなか、その日も藤丸は空色の自転車に乗って、理学部B号館へ食器の回収に向かった。勝手知ったるなんとやらで、廊下に置いてある食器を銀色の箱に収める。すると松田研究室の隣のドアから、ちょうど本村が出てきた。

「藤丸さん、ごちそうさまでした」

「いつもありがとうございます。あのー、食器は洗ってもらわなくても大丈夫すよ」

「かえってご迷惑でしたか？」

「いえ、助かるっすけど」

　藤丸は急いで手を振る。本村は今日もTシャツにジーンズという、飾り気のない恰好だ。Tシャツには、唇を大写しにしたような妙な白黒写真が、ドカーンとプリントされていた。

「それ、なんの柄すか？」

「気孔《きこう》です」

「へ？」

「葉っぱの表皮にある穴です。それを顕微鏡写真で撮ったもの。かわいいのでプリントしてみました」

本村は頬を紅潮させ、なにやら誇らしげである。

「へ、へえ……」

そういえば生物の教科書にも、気孔の写真が載っていた気がする。かわいいかなあ。なんかグロテスクなような……、と藤丸は思ったが、もちろんコメントは控えておいた。

これまで食器の回収時には、研究室周辺に人影が見当たらないことが多かった。せっかくだから、もう少し本村と話したい。藤丸は視線を落とし、ゴム草履を履いた本村の、薄い貝殻のような足の爪を見ながら話題を探した。だが、なにしろ相手は気孔柄のTシャツを着た女の子だ。探すまでもなく、話題は「植物について」しかないだろう。ずっと知りたいと思ってたし、と藤丸は顔を上げた。

「本村さんたちは、植物を研究してるんすよね。俺も野菜が好きです。厨房で下ごしらえしてるとき、しょっちゅう野菜の断面に見とれてるから、大将に怒られます」

「はい」

本村は笑顔になった。「植物は本当に、不思議でうつくしいです」

「植物学というと、野菜の品種改良とかをするんすか？」

「そういう役に立つことは、農学部で研究されることが多いです。ここは理学部なので、基礎研究をしています」

「きそけんきゅう……」

「はい。植物の細胞や遺伝子を調べて、たとえば光合成《こうごうせい》がどういうメカニズムで行われるのか、などを研究するんです」

さいぼう……、いでんし……。難しそうで、ちっとも「基礎」じゃない！　と藤丸は内心で叫んだ。

「松田先生の研究室では、主に葉っぱの研究をしています」

と、本村は説明をつづけた。

「葉物野菜ではなく、葉っぱ……」

それを調べてどうするんだ？　という疑問が顔に出ていたのだろう。本村もちょっと困ったような表情になった。

「木を見ても草を見ても、『葉っぱってどうしてこういう形で、こんなふうに生えるんだろう』と私は思ってしまうんですが、藤丸さんはちがいますか？」

ちがいますね。と答えようとして、藤丸は思い直した。木や草に葉っぱがあるのは当然だから、改めて考えたこともなかったが、言われてみれば不思議だ。なぜ、カエデはカエデの葉の形、パセリはパセリの葉の形になるのだろう。

植物は、「俺、カエデ！　だから掌みたいな葉っぱをつけて、秋になったら色を変えるぞ！」などと、意思を持っているのか？　それに、一口にカエデといっても、種類によって葉の形状が微妙に異なる気がする。もしかしたら、一本のカエデの木のなかでも、ほかの大多数の葉とはちがった形の葉をつけることもあるのかもしれない。形は同じだとしても、葉の大きさには多少の差がある。

葉の形や大きさは、いったいどういう仕組みで決定されるのか。たしかに藤丸はなにも知らない。知らないということも知らずに、街路樹やT大構内の木々を漫然と眺めているだけだった。

スマホやテレビや飛行機の仕組みも、もちろん藤丸はよく知らない。知らないまま、「便利だなあ」と使っており、しかしまあ機械の仕組みなんて難しいものだろうから、素人が知らなくてもしょうがない、と半ば開き直っていた。ところが、同じ生き物であり、非常に身近な存在であるところの植物の葉っぱについてすら、俺はなんにも知らないのだ！　藤丸は衝撃と感動を覚えた。「自分はどれだけボーッとしてるんだろう」という衝撃と、「それにしても、葉っぱの仕組みに興味を抱くひとがいるなんて……。ふつうは、『あ、葉っぱ』としか思わないよなあ」という感動である。

「これからは、葉っぱについて考えるようにします」

と藤丸は答えた。これからなのか、とがっかりされるかと思ったのだが、本村が「はい、ぜひ」と笑顔で言ってくれたので、うれしくなった。

「でも、どうやって葉っぱの形や生えかたを調べるんすか？　やっぱり、たくさん採ってきて見比べるとか？」

「いえ、私は葉っぱを顕微鏡で見て、細胞の数を数えています」

「え……。細胞の数を、ひたすら？」

「はい」

本村はにこにこしている。藤丸はめまいがした。葉っぱについて考えるのは、俺には無理かもしれん、と早くも思った。

「もし、お時間あるようでしたら、ちょっとご覧になっていきますか」

藤丸のめまいには気づかなかったようで、本村は気軽に誘いをかけてくる。藤丸は

脳内で、好奇心と円谷の賄いを天秤にかけた。答えはすぐに出た。「大将、すいません！」と心で謝りながら、

「ちょうど昼休みなんで、時間は大丈夫っす」

と、提げていた銀色の箱を廊下の隅に置く。「でも、いいんすか？　俺、部外者なのに、機密情報とか……。いや、機密情報があっても、俺にはわからないですけど」

「化学や薬学の分野では、研究が即、特許などにつながりやすいので、情報の取り扱いには敏感みたいですね」

本村は身を翻《ひるがえ》し、さきほど出てきたドアに手をかけた。「でも、植物学の世界はその点、呑気です。なんといっても、お金になりにくい研究ですから」

本村がドアを開ける。松田研究室の隣の部屋は、実験室になっていた。研究室の二倍ほどの広さがあり、壁面の棚には実験に使う道具や機械が並んでいる。中央には、高校の理科の実験室にあったような、大型の実験テーブルが何台か据えられていた。どのテーブルもきれいに整頓されている。

「私はシロイヌナズナという植物の葉を、研究対象にしています」

本村は足早に実験テーブルの一角を目指した。

「シロイヌナズナ？」

部屋のあちこちに置かれた見慣れぬ機械を観察しながら、藤丸もあとをついていく。

「道に生えてても目をとめないような、地味な草です。でも、『モデル生物』といって、植物学ではとってもメジャーなんですよ。すぐに成長して種が採れるし、ゲノムがすべて解読されているし、『この遺伝子をいじると、こういう変異株《へんいかぶ》ができる』ということもわかっているので、実験で扱いやすいんです」

げのむ……、へんいかぶ……。藤丸はもう何度目か、意識が遠のくのを感じたが、とりあえず気を取り直して、実験テーブルのまえに立つ本村の手もとを覗きこんだ。

テーブルには、長方形のスライドグラスや正方形の薄いカバーグラスが入った箱が置かれていた。これらは、藤丸も理科の実験で使ったことがある。

小学生のころ、顕微鏡を覗く授業があった。学校の観察池ですくってきた水を、スポイトを使って一滴だけスライドグラスに載せ、カバーグラスをかぶせた。ミジンコやミカヅキモを見られるかと期待したのに、藤丸の班は当たりが悪く、何度試みてもゴミみたいな黒いかけらしか映しだされなかった。しかたがないので、「観察結果」としてゴミらしき物体をちょいちょいとノートに描いて提出した。

しかし、いま本村が指さきでつまんでいるのは、藤丸がはじめて見る物体だ。透明のプラスチック製で、全長三センチぐらい。ほぼ円錐形《えんすいけい》をしている。円の部分が蓋《ふた》になっており、容器なのだということがわかった。ボールペンのグリップからさきを三センチほど切り取り、蓋をつけたみたいな形状、と言えるだろう。

「それ、なんですか?」

「エッペンチューブです」

本村は、その小さな容器を揺らしてみせた。なかには無色透明の液体と、薄っぺらい謎のなにかが入っていた。足の小指の爪ほどのサイズで、緑色をしている。

「もしかして、なかに入ってるのは葉っぱっすか」

「はい。シロイヌナズナの葉です。FAA《エフエーエー》という固定液に浸《つ》けてあります」

葉っぱは摘んだ瞬間から、乾燥とタンパク質の分解がはじまってしまう。それを防ぎ、瑞々《みずみず》しい状態のままの細胞を観察するためには、固定液に浸《ひた》す必要があるのだそうだ。

エッペンチューブというらしい容器を渡された藤丸は、本村の了承を得て、蓋を開けてみた。内部を満たした固定液は、ツンと鼻に来るにおいがした。接着剤のような、シンナーのような、このにおい。どこかで嗅《か》いだことがあるぞ、と藤丸はしばし記憶をたどり、「そうだ」と思い当たった。

シャボン玉よりも頑丈な、透明の球ができるおもちゃ。子どものころ、駄菓子屋などで買って遊んだ。絵の具のチューブみたいなものに、透明のゲル状物質が入っており、それを極細の短いストローの先端につける。ストローに息を吹きこむと、ゲル状物質が丸く膨らむのだ。しばらくはしぼむこともなく、大きなお手玉のように、ぽんぽんと掌ではねあげて楽しめる。ＦＡＡのにおいは、あのゲル状物質にそっくりだ。

郷愁にかられた藤丸は、エッペンチューブを鼻に近づけ、すはすはとにおいを吸いこんだ。そうするあいだに、本村は実験テーブルの引き出しから筆箱を取りだす。当然、筆記用具が入っているものと思ったのだが、筆箱の中身は何本かのピンセットだった。先端が細くとがっている。

本村は藤丸からエッペンチューブを受け取り、ピンセットで葉っぱをつまみあげた。

「葉柄《ようへい》をつまむのがコツです。葉っぱ部分をピンセットで挟むと、それだけで細胞がつぶれてしまうので」

葉柄というのは、葉っぱと茎《くき》とをつないでいた柄《え》のことらしい。葉自体が足の小指の爪サイズなので、ちょろっと突きでた柄は、ものすごく小さく細い。長さ二、三ミリといったところだろう。

本村のピンセットさばきは器用なものだった。固定液から引きあげたシロイヌナズナの葉を、スライドグラスに載せる。筆箱のなかから、今度はカミソリの刃を取りだし、葉の上部に三カ所の切れこみを入れた。

「どうして切るんすか?」

「葉っぱが丸まらないようにです。藤丸さんもやってみますか」

「あ、じゃあ、やらせてください」

ここは料理人の腕の見せどころだ。藤丸は張り切り、本村に差しだされた新たなエッペンチューブから、ピンセットで葉を取りだした。本村がさきほど作業した葉の隣に、もう一枚の葉を置き、カミソリで切れこみを入れる。しかし、なにしろ敵はミニサイズだ。左手に持ったピンセットで葉柄を押さえ、右手のカミソリで葉を破らぬように切れ目を入れるのは、秋刀魚の小骨を抜くよりも骨が折れた。

ようやく葉っぱとの格闘を終え、藤丸は達成感に満ちて顔を上げた。藤丸の手もとを注視していた本村は、「うん、上手です」と満足そうにうなずいた。なんとか料理人としての面目が立った。

「次に、抱水《ほうすい》クロラールを葉っぱに垂らします。正確に言うと、抱水クロラールと水とグリセロールを混ぜた液体です」

「えーと……」

藤丸の疑問をさきどりし、本村はつけくわえた。

「グリセロールは、液体にとろみをつけるためのものです。抱水クロラールは、葉っぱを透明にします。透明にすることで、顕微鏡で細胞が見えやすくなるんです。シロイヌナズナの葉っぱは小さくて薄いので、液を垂らしたとたんに、どんどん透明になっていきます。二十分から三十分置けば、万全です」

手際のいい説明に、藤丸はただただ感心した。生物の先生みたいだ。いや、専門家なわけだから、正真正銘、生物の先生か。

本村は、実験テーブルの脇にぶらさがっていた灰色の工具を手にした。未来のピストルのような形状だ。

「ピペットマンです」

「え、ピペット？」

工具ではなかったうえに、怪獣と戦うヒーローみたいな名称だった。「ピペットマン」、響きからして弱そうだ。と藤丸は思った。

それにしても、藤丸が知っているピペットはガラス製で、お尻の部分にゴムの指サックのようなものがついていた。ゴムをぱふぱふさせて、液体を吸いあげる仕組みだ。いま本村が持っているものは、もっと機械っぽく、殺人ビームでも出そうな雰囲気である。

「ピペットはどうしても目分量になってしまいますが、ピペットマンはもっと正確で、マイクロ単位で自動的に液体を量ることができます」

本村はピペットマンで抱水クロラールの溶液を吸いあげ、スライドグラスに並べた二枚の葉に垂らした。

「さあ、カバーグラスをかぶせてください。空気が入らないように……」

本村にうながされ、藤丸は急いでピンセットでカバーグラスをつまんだ。薄いガラスを割らないように気をつけながら、そっと葉っぱを覆う。幸いにも気泡ができることなく、垂らされた抱水クロラールごと、葉っぱはぴたりとスライドグラスとカバーグラスのあいだに収まった。

「ほんとに上手ですね、藤丸さん」

本村にとって、このシロイヌナズナの葉は、大切な実験の材料だろう。にもかかわらず、素人の藤丸を準備に参加させてくれる。丁寧にやりかたや道具の説明をしてくれる。本村が一人で作業したほうが、当然ながら速いし、出来映えもいいはずだ。なんの得にもならないのに、こんなに親切に教え、しかも褒めてくれるとは。なんていいひとなんだ。藤丸はひそかに感激した。

しかし、ふだんは円谷のスパルタ教育を受けている身なので、藤丸は「褒めてのばす」方針に慣れていない。

「そうすかね」

うれしかったのだが、なんだか無愛想な返事になってしまった。「ちょっと料理に似てるからすよ。切ったり並べたり混ぜたり正確に分量を量ったり」

「そうかも。でも、私は料理は苦手です。ちっとも上達しなくて」

「慣れれば大丈夫なんじゃないですか」

「一人暮らしをして、もう三年目です……」

「……」

手先の器用さと料理のセンスは別物ということか。フォローしようとして言葉に詰まった藤丸は、いま作業したばかりのスライドグラスになにげなく視線を落とし、「うおっ」と驚きの声を上げる。

「もう透明になってきてますよ！」

カバーグラスの下で、二つ並んだシロイヌナズナの葉。顔を近づけてよく見ると、切れこみを入れたあたりから、じわじわと透きとおりはじめていた。

「はい。でもこの状態だと、まだ緑色が強く残っていて、顕微鏡で細胞を見にくいので」

本村は、からになったエッペンチューブの蓋に貼ってあったシールを、スライドグラスに貼り替えた。葉っぱを採取した日付などが書かれているようだ。シールを貼り終えた本村は、棚からべつのスライドグラスを持ってきた。

「こちらに、抱水クロラールを垂らして一晩置いた葉っぱがあります」

「おおー」

新たに実験テーブルに置かれたスライドグラスには、完全に透明になったシロイヌナズナの葉が、カバーグラスに覆われて三枚並んでいた。よく眺めないと、そこにあることがわからないほど、きれいに色が抜けている。

「料理番組みたいすね。『こちらが冷蔵庫で三十分寝かせたものです』」

「ほんとだ」

藤丸と本村は笑いあった。

実験テーブルの片隅には、顕微鏡が一台置かれていた。大学で使う顕微鏡は、さぞかし巨大で高性能なものなんだろう、と藤丸は予想していたのだが、高校の実験室にあったものと、見たところあまり変わりはないようだ。

本村はその顕微鏡にスライドグラスを載せ、つまみをひねってピントを合わせた。

「もっと性能がよくて写真も撮れる顕微鏡は、地下の顕微鏡室にあるんですが、そちらは予約制なんです。いまの時間は埋まっているので、この顕微鏡でシロイヌナズナの葉を見てください」

本村が体をよけ、顕微鏡のまえを藤丸に明けわたす。藤丸はおずおずと顕微鏡に両目を近づけた。

「うおお」

レンズ越しに見えたのは、透明なジグソーパズルのように、葉の細胞が並んでいるさまだった。ヒイラギの葉を精緻に敷きつめたかのごとく、ひとつひとつの細胞がぎざぎざした形をしている。

「葉の表面の細胞です。トゲが見えませんか？」

と、隣に立つ本村が問いかけてきた。

「おお、見えます見えます！」

注意して観察すると、ところどころの細胞から、たしかに小さなトゲが突きだしている。三叉《みつまた》にわかれたトゲだ。

「アンテナみたいだなあ。宇宙人の頭に生えてそうっすね」

「ふふ。これは野生型《やせいがた》のシロイヌナズナです。隣は変異株のシロイヌナズナなんですが、トゲに注目してください」

本村が少しだけスライドグラスをずらした。藤丸の視界に、さきほどよりもたくさんのトゲが飛びこんできた。しかも、四叉《よつまた》以上にわかれている。

「同じシロイヌナズナでも、変異種《へんいしゅ》によって、葉っぱの形やトゲの密度がまったくちがった姿になるんです。かわいいでしょ？」

かわいいのかどうか、藤丸にはいまだ判断がつけられなかったが、なぜそういうちがいが生まれるのかを、本村が実験や観察を通して知りたいと思っているらしいことはわかった。

藤丸は顕微鏡を覗きこんだまま、手探りでスライドグラスをずらし、野生株と変異株とやらを見比べた。透明の細胞から、透明のアンテナを突きだしている、三叉族の宇宙人と四叉族の宇宙人。

「表面の次の層を見てみましょうか」

本村がつまみを調節した。藤丸の視界で、色のない細胞が万華鏡のように動く。焦点が当たる深度が変化し、葉っぱの内部に入りこんでいく。

「うおおお」

表層のすぐ下には、またべつの世界が広がっていた。丸い細胞が密にひしめいている。透明のイクラがびっしり詰めこまれたみたいだ。たしかにちょっとかわいい、と藤丸は思った。

「私がいま、細胞の数を数えているのは、この層です」

と本村は言った。「さらに下の層には、ふにゃふにゃした輪郭の細胞が、隙間だらけの海綿《かいめん》みたいに粗《あら》く並んでいます。その下が葉の裏面で、表の面と同じようなパズル状の細胞が並んでるんです」

シロイヌナズナの葉は、小さいうえに薄い。キッチンペーパーよりも薄いぐらいだろうと、さきほど葉にメスを入れた感触から、藤丸は推測する。だが、その内部は四《よん》層構造《そうこうぞう》になっていて、層によって細胞の形が異なるのだ。おいしいミルフィーユを作るパティシエなみに、シロイヌナズナはすごい。藤丸は感嘆のため息をつき、顕微鏡から顔を上げた。

実験室の窓は機材や棚で半ばふさがれているので、昼でも蛍光灯がついている。そのほの白い明かりに照らされ、ほんの五分まえと変わらぬ情景が藤丸の目に映る。実験テーブルに置かれたピンセット。棚に並べられた正体不明の薬品の瓶。顕微鏡のかたわらに立つ本村。

しかし、すべてが夢のなかの光景のように思えた。目に映る世界だけが、世界ではない。肉眼では見えないけれど、小さな葉のなかで、たしかに繰り広げられている細胞の宇宙。藤丸がこれまで調理してきた野菜や肉や魚のなかにも、同じものがあったのだ。

「俺の体を顕微鏡で見たら、やっぱりどこもかしこも、細胞がぎっしり並んでるわけっすよね」

「そうです」

気持ちが悪いような、貴いような、そんな気がした。植物も動物も、野菜も人間も、つぶつぶした細胞を必死に働かせて生きているという意味では、なにもちがいはないんだなと、なんだか愛おしいような気もした。

「ほとんど毎日、本村さんは顕微鏡を覗いてるんすか」

「はい」

「目が疲れませんか」

「疲れます。でも、飽きません」

と本村は言った。「葉っぱの細胞の数が、なんらかの原因で少なくなってしまったとき、ひとつひとつの細胞の大きさが通常よりも大きくなるんです。葉っぱ自体のサイズを、ほかの葉と変わらないものにするためなのかもしれません。私が勝手にそう推測しているだけですけれど」

「シロイヌナズナの葉っぱが、『あれ？　俺って細胞の数がちょっと少ないかも。じゃあ、細胞を大きくしよう』って判断してるってことですか」

「わかりません。どういう仕組みが働いて、細胞の数や大きさが決められるのか、そこを調べるために、葉っぱの細胞の数を毎日数えています」

実際にシロイヌナズナの細胞を見せてもらったことで、藤丸にもうっすらと納得がいった。すぐに生活が便利になるような研究ではないかもしれないけれど、言われてみればたしかに謎を解きたくなる。

昼休憩の時間が残り少なくなったので、藤丸は円服亭に戻ることにした。本村に礼を言い、廊下に置きっぱなしだった宅配用の銀の箱を手にする。

本村は松田研究室のまえで、藤丸を見送ってくれた。

「よかったら、今度は地下の顕微鏡室を案内します。あっちの顕微鏡なら、シロイヌナズナの葉がもっときれいに見えますから」

そう言って本村は、藤丸に軽く手を振った。藤丸はぺこりと頭を下げ、廊下を歩きだす。階段を下りるまえに振り返ると、本村の姿はもうどこにもなく、近くの部屋からなにかの機械が作動する音が低く響くばかりだった。

うつくしく組みあう透明な細胞。シロイヌナズナを好きすぎるひと。藤丸は自分が笑みを浮かべていることに気づかぬまま、理学部B号館をあとにした。

円服亭では円谷が腹を立てて待っていた。

「どこをほっつき歩いてたんだ、おまえは」

「すいません」

「賄い、もうないぞ。残りもんのビーフシチュー、俺が必死になって三杯食ったから」

「ええー。じゃあ、取っといてくれればいいじゃないすか」

「バカヤロウ！　俺をカロリー摂取過多にしといて、なんて言いぐさだ。連絡も寄越さねえから、どっかで昼飯食ってくるのかなと思ったんだよ」

デブると腰に悪いってのに、と円谷はぶつくさ言いながら、おにぎりを三個握ってくれた。皿にはタクアンも三切れ添えられていた。

「やった。ありがとうございます、大将！」

遅めの昼食にありつくことができた藤丸は、おにぎりにかぶりつく。ほどよく塩が利いているうえに、それぞれにちゃんと具が入っていた。鮭《さけ》フレーク、梅干し、昆布である。なんだかんだ言って、大将ってマメだし優しいよなあ、と藤丸は思う。だから花屋のはなちゃんもほだされたのだろう。

ものの五分でおにぎりをたいらげ、藤丸は急いで仕事に取りかかった。ビーフシチューが入っていた鍋と、からになった炊飯ジャーを洗う。夕方からの営業に向けて、ご飯を仕掛け、野菜を刻む。

ビーフシチューはじっくり煮込み、最低でも一晩は置いて、味がなじんだものを客に提供する。本日の夜のぶんはすでにあるので、翌日以降のために仕込みをしなければならない。藤丸は刻みたてのタマネギと少量のニンニクをバターで炒め、円谷が下ごしらえした牛肉とともに鍋に入れた。円谷の監督指導のもと、赤ワインで煮込む。

炊飯器が湯気を立てはじめた。藤丸は今度は、店内の掃除をする。円谷はフロアの椅子に座って一休みだ。新聞を読みながら足を上げたり下ろしたりして、床にモップをかける藤丸に協力する。

「ねえ、大将」

「あん?」

「俺、さっきT大で顕微鏡を覗かせてもらったんすよ。シロイヌナズナっていうのの、葉っぱの細胞だったんすけど、すごくきれいでした」

「ふうん」

円谷は新聞に目を落としたまま、小首をかしげる。「七草粥《ななくさがゆ》に入れるナズナの一種か？」

「どうなんすかねえ。ナズナって、どんなのっすか？」

「知らねえのか。いわゆるひとつのペンペン草《ぐさ》だよ」

「へえ。俺はシロイヌナズナの葉っぱだけしか見なかったから、よくわかりませんけど、ペンペンはしてなかったな」

藤丸はモップで床をこする。「とにかく、きれいでした。細胞が」

「ふうん」

円谷は新聞を畳み、テーブルに肘《ひじ》をついた。「だれに見せてもらったんだ」

「松田研究室の院生のひとです」

「女か」

藤丸はモップでごしごし床をこすった。

「ええ、まあ」

「美人か」

藤丸は、本村が着ていた気孔柄のTシャツやら、顕微鏡を覗く本村の長いまつげやらを思い浮かべた。

「美人じゃなくはないすけど、細胞見るのに顔は関係ないでしょ」

いまやモップは超高速で前後に動き、床が摩耗しそうな勢いだった。

「あのな、藤丸。ちょっとここへ座れ」

円谷がため息をつき、自身の向かいの椅子を指す。藤丸はモップをテーブルに立てかけ、円谷の正面の席におとなしく腰を下ろした。

「いいか、松田研究室は円服亭のお得意さんだ。公私混同しちゃいけねえ」

「仔牛近藤……」

「ちゃんと漢字変換できてるか？　注文をいただいてる立場で、研究室のひとたちの邪魔をしちゃいけねえってことだ」

「はい」

「俺も、伊達《だて》に長く赤門まえで商売やってるわけじゃないぞ。T大で勉強するひとたちを、たくさん見てきた。一部、要領いいだけのチャラついたやつもいるが、そんなのは放っとけばいい。チャラついたまま一生を終えろ」

「た、大将」

毒舌にたじろぎ、藤丸は思わず戸口のほうをうかがった。だれかに聞かれでもしたら、店の評判にかかわる。

円谷はそんな藤丸を意にも介さず、ご高説をぶちあげた。

「だがな、大半のひとは真面目に研究をしている。そして、研究の道ってのは厳しいもんだと、端《はた》で見てる俺ですら感じてきた。女のひとにとっては、なおさらだ」

「どういうことっすか？」

「送別会だよ」

と、円谷は腕組みをする。「円服亭で、これまで数えきれないほど、女性の研究者の送別会が開かれた。結婚や出産や旦那の転勤やらで、研究を中断しなきゃならなかったひとを、たくさん見てきたんだ」

だからな、と円谷は腕組みしたまま身を乗りだした。ヤンキーがメンチを切るような迫力に、藤丸はついつい体をのけぞらせた。

「浮ついた気持ちで、研究の邪魔をすんなってことだ。わかったか？」

「はい……」

うなだれた藤丸の肩をポンと叩き、円谷は立ちあがる。

「どこの世界にも、チャラついたやつは一定数いる。けどな、おまえはそうなっちゃいけねえ。料理の道だって、そのなんとかナズナの研究と同じぐらい厳しいんだ。よそ見してる暇はない」

「はい」

ビーフシチューの様子を見に厨房へ入る円谷の背中を、藤丸も追った。

その晩、円服亭の二階の自室で、藤丸は必死に眠気を振り払いながら、布団にあぐらをかいていた。両手の爪を見るともなしに見る。

どうして指のさきにだけ、こんな硬いものが生えるのか。藤丸はべつに、「爪、生えろ」と念じてはいないのに。シロイヌナズナが、どういう仕組みでか葉っぱの細胞の数や大きさを調整するように、藤丸の細胞も謎の仕組みを持っていて、所定の位置に、自動的に爪を生やすのだろう。

気づいてなかったけど、不思議なことばかりだ。藤丸は、四つ下の弟が赤ん坊だったころを思い出す。むちむちした指のさきに、ちっちゃな爪がちゃんと生えていた。それがかわいくて、愛おしくて、時折いきみながら眠る弟の手を、藤丸は飽かず握っていたものだ。

すっかり忘れてたなあ。藤丸は微笑む。

本村さんたちが研究してるのは、つまりは生き物がどうして生まれ、どうやって生き、なぜ死ぬのかってことについてなのかもしれない。俺も含めて多くのひとが、一度は抱いたことのある疑問。でも、俺も含めて多くのひとが、「そんなこと考えたってしょうがないや」と投げだしてしまった疑問。本村さんたちは投げだすことなく、しつこくしつこく考えつづけてるんだ。

藤丸は電気を消し、布団に横たわって、タオルケットを肩まで引きあげた。窓からは蟬に代わって、コオロギの鳴く声が聞こえるようになっていた。

役に立たないといえば、料理だって役に立たないよな、と藤丸はぼんやり思う。腹を満たせるのは一時のこと。おいしくて栄養バランスの取れた料理をいくら食べたって、結局いつかは死ぬんだから。いや、そんなこと言ったら、どういう行為だって同じく無意味だ。俺も、大将も、本郷通りを歩くすべてのひとも、いずれは死ぬ。いいことをしても、悪いことをしても、いつかはみんな過去になる。

生まれてから死ぬまでの限られた時間のなかで、金もうけをしたいとか、人助けをしたいとかなら、まだ想像の範囲内だ。だけど、「真理の探究」を選び、志すひともいる。損得も、意味とか無意味とかも超え、ただ「知りたい」という情熱に突き動かされているひとがいる。それってすごいことだ、と藤丸は思った。

「邪魔をしちゃいけねえ」と円谷は言った。たしかにそのとおりだ。明日からは、スパッと宅配、スパッと食器回収しよう。藤丸は自分に誓い、スマホの目覚ましをセットした。

眠りに落ちる寸前に思ったのは、「あんなにちゃきちゃき顕微鏡を操れるのに、本村さんは料理が苦手なのか……」ということだった。

夜空は雲に覆われ、月も星もない。にやけながら寝る藤丸を目撃したものは、だれもいなかった。

藤丸はまだまだ若いから、朝になったら円谷の忠告も前夜の誓いもすっかりそっちのけ。松田研究室からの宅配依頼を日々心待ちにした。顕微鏡で見たうつくしい細胞が網膜に焼きついていたし、本村に会いたい気持ちもどうしてもぬぐいきれなかった。

待ち望んだ電話がやっと来て、藤丸は円谷から受け取った料理に神妙な顔でラップ

をかけた。銀色の箱に注文の品を積みこみ、

「わかってるな」

と念押しする円谷の言葉に、神妙な顔のままうなずいてみせる。

そして、空色の自転車を激走させた。

息を切らして松田研究室のドアを開けると、室内には本村と助教の川井がいた。十日ぶりに会う本村は、七分袖のカットソーを着ていた。胸のあたりに、籠に盛られた松茸《まつたけ》の写真がプリントされている。

全員の代金をとりあえず川井が立て替えるとのことで、藤丸は受け取った札を巾着にしまい、釣り銭を渡した。そのあいだも、本村のカットソーを凝視してしまった。松茸柄の服なんか着て、いいのだろうか。いや、なにがどういけないのか、説明しろと言われたら困るが、やはりちょっとまずいんじゃないだろうか。

本村は手慣れた様子で銀色の箱を開け、研究室の大机に料理を配膳していたが、藤丸の視線に気づき、

「勝手にすみません」

と言った。

「いえ、そうじゃないんです」

藤丸はちょっと迷ったすえ、尋ねた。「その服も、自分でプリントしたんすか?」

大ぶりの水筒から、自分のぶんのスープをカップについでいた川井が、「ぶっ」と噴きだした。川井も本村のカットソーが気になっていたらしい。

藤丸と本村の視線を浴びた川井は、

「すまん」

と言ってテーブルにつく。「僕はさきにいただいてるから、どうぞつづけて」

すぐそばでオムライスを食べはじめた川井をよそに、藤丸と本村は会話を再開させた。

「これは、近所のお店で買いました」

と本村は言った。「キノコがおいしい季節になってきたので、ちょうどいいかなと」

どんな店なんだ、と藤丸は思った。気孔柄の次は、松茸柄の服を着ている女性。変わったセンスだ。俺は本当にこのひとに会いたかったんだろうかと、自分の気持ちをいぶかしんだ。

「椎茸《しいたけ》とか舞茸《まいたけ》とか、無難な柄はなかったんすか?」

川井が「げふっ」とむせ、再び二人の視線を浴びて、「いや、なんでもない」とスープを飲んだ。

「松茸だけでしたね」

本村が藤丸のほうに顔の向きを戻す。「それに、藤丸さんに合いそうなサイズもなかった気がします。女物しか置いてないお店なので」

「いいんです、ちょっと聞いてみただけっす」

すまなそうな本村の表情を見て、藤丸は自身の汚《けが》れた心を恥じた。「植物の研究をしてると、やっぱりキノコ柄も気になるものなんですか」

「あ、キノコは植物ではないです。遺伝子レベルで言うと、動物のほうに近い存在なので」

「そうなんすか！　スーパーでは、野菜売場にあるのに」

藤丸の驚きように、

「いまさら肉売場に置かれても、なんとなく違和感がありますけどね」

と本村は笑った。変な服を着てるけど、そんなことどうでもいいな、と藤丸は思い直した。

もっと本村と話したいのはやまやまだが、あまり長居するのも気が引ける。

「じゃあ、あとでまた食器を回収に来ます」

藤丸は銀色の箱を手に、研究室を出ようとした。

「そうだ、藤丸さん」

と本村が呼びかける。「食器を取りにきていただくとき、ついでに栽培室を見ていきませんか。ちょうど、芽《め》を出したシロイヌナズナがありますよ」

「行きます！」

と藤丸は答えた。声が裏返った。

研究室のドアを閉めるとき、笑いをこらえている川井と目が合った。「がんばれよ」と言いたげな表情をしていた。

ランチ客でにぎわう円服亭に戻った藤丸は、神妙な顔つきを保つことを心がけつつ、昼の賄いは不要な旨、円谷に重々しく申告した。

「え、食わないの？」

円谷はフライパンを振るってナポリタンを作りながら言った。「じゃ、どこでなに食うんだ」

「コンビニで適当にサンドイッチでも買おうかと」

「サンドイッチなら、うちの店で食えばいいじゃねえか」

たとえメニューに載っていない料理を注文されても、円谷はありあわせの食材でなんでもそれらしく作ってしまう。おにぎりでもサンドイッチでも、コンビニで売っていそうなものは、円服亭でだいたい食べられるのだ。料理人としての円谷の才能が、今回ばかりは恨めしい。

藤丸は円谷からナポリタンの皿を受け取り、客が待つテーブルへ運んだ。ついでに、混みあう店内を一巡し、グラスの水が減っていないか確認する。

厨房に戻った藤丸は、

「いい天気ですし、散歩しながら外で食べようと思うんです」

と、水をついでまわりながら考えた言い訳を述べた。

「ははあん」

円谷はできたてほやほやのハンバーグに、スプーンでデミグラスソースをかけた。

「さては、これだな」

ソースはハンバーグのうえで、ちんまりとしたハート型を描いていた。

「ちょっと、なにしてんすか！」

藤丸は赤面して円谷からスプーンを奪い取り、ソースを追加した。ハートは上書きされて意味を失い、ただのデミグラスソースへと戻った。

ハンバーグの皿を客席に運び、円谷のもとへ戻った藤丸は、すでに観念していた。

「……そうです、T大に行ってきます」

「最初から正直に言やあいいのに」

円谷はため息をつき、フライパンから皿にオムライスをぽんと移した。「俺が言ったこと、ちゃんと覚えてるか」

「はい」

「そんならいいけどな……」

円谷はなんだか心配そうだった。

覚えている。研究の道に邁進《まいしん》するひとたちを、浮ついた気持ちで邪魔してはいけないと円谷は言った。

でも、と藤丸は思う。今回は本村さんのほうから誘ってくれたんだし、俺が研究室に行っても、邪魔にはならない状況だってことじゃないかな。浮ついた気持ちが一ミりもないと言ったら嘘になるけど、シロイヌナズナを見たいのも嘘じゃない。

結論として、俺の心にやましいところは（一ミリぐらいしか）ない！

藤丸はてきぱきと働いて昼営業の時間を終え、「どっかできちんと飯を食えよ」という円谷の声に送られて、本日二度目となるT大へ向かった。もちろん空色の自転車も、本日二度目となる激走を見せたのだった。


本村は洗った食器とともに、理学部B号館の研究室で藤丸を待ってくれていた。

「栽培室は、地下の顕微鏡室の奥にもあるんですけど」

と本村は言った。「ちょうど芽が出たシロイヌナズナがあるのは、二階のほうの栽培室です」

本村は階段を一段抜かしで下りていく。早く藤丸にシロイヌナズナを見せたい、というよりは、シロイヌナズナの世話をしたくてたまらず、うずうずしているようだ。ほんと、どんだけシロイヌナズナ好きなんだ。藤丸は苦笑し、食器を収めた銀色の箱をぶらさげてあとを追った。

そろそろ十月も近いのに、本村はあいかわらずゴム草履を履いている。寒くないのかなと思ったが、夏場と同様、小さなかかとにはほのかに朱が差していた。

藤丸が案内された栽培室は、松田研究室の真下に位置する部屋だった。本村がドアごと持ちあげるようにしつつ、真鍮のノブをまわす。藤丸は銀色の箱を廊下の隅に置き、室内を覗きこむ。

研究室と同じく、縦長の間取りだ。ただ、奥の窓は暗幕で完全にふさがれていた。左右の壁沿いには、藤丸の背丈よりも高いガラスケースが隙間なく並べられている。棚のついた電話ボックスといおうか、酒屋でコーラなどが入っているガラス製の冷蔵庫といおうか、そんな感じのドア付きのケースである。部屋の中央には、作業台がわりに使っているらしい長机が一台置いてある。

暗幕で覆われた室内を照らすのは、並んだケースの内部に取りつけられた蛍光灯だけだった。ケースが八台ほどあるので、それでも充分明るい。

「チャンバーです」

本村は戸口から室内のガラスケースを指した。「日本語で言うと、人工気象器ですね。設定したとおりの温度と湿度を保ち、タイマーで照明も変化します。観察や実験に使う植物は、チャンバーで厳重に管理されて育ちます」

ガラスの箱のなかで、人工の昼と夜を過ごす植物。もっとよく見たくて、藤丸は本村とともに部屋のなかへと足を踏みだした。

とたんにビシャッという音がして、なんだろうと床に視線を落としたら、水たまりができている。

「ああっ」

と本村が叫んだ。「水漏れしてる！」

左手の壁際にある一台のチャンバー。その足もと付近に取りつけられた排水ホースが、力なく床に垂れていた。

「松田先生のチャンバーだ……」

本村はうめくように言い、排水ホースのさきをバケツにつっこむ。次に、長机にあった雑巾《ぞうきん》で床の水を拭きはじめた。藤丸も雑巾を手に、本村を手伝う。

「すみません。先生はおおざっぱなところがあるんです」

「意外ですね。神経質な殺し屋みたいな外見なのに」

え？　と本村は目をぱちくりさせ、「たしかに」と笑った。

「でも、見かけだけです。実際は、書類とか資料とか探して、しょっちゅう机のうえをかきまわしてますよ。この水漏れも、植物の手入れをしてるうちになにか思いついて、ホースをちゃんとバケツに入れずに、どこか行っちゃったのが原因だと思います」

クールなようで、わりと抜けてるんだなと、藤丸は松田に親しみを抱いた。

床を拭き終え、雑巾を小型の物干しラックにかける。藤丸は、松田のものだというチャンバーを覗きこんだ。内部は三段ほどに仕切られ、どの棚でも植物がみっしりと葉を繁らせていた。

団扇《うちわ》に切れ目が入ったような葉。薄緑の丸い葉。小さなヤシの実みたいな塊からは、ドリルのような緑の芽が突きでていた。研究室にあった植物と同様、見たこともないものばかりだ。いずれも、小さな鉢や水を張ったトレイで栽培されているのに、驚異の生命力を見せている。

「密集ぶりがすごいっすね」

「先生は『緑の指』を持ってるんです」

「指が、緑色なんですか？」

藤丸は記憶をたどった。土汚れがついていたことはあったが、松田の指は緑色ではなかった気がする。だいいち、指が緑に変色したら、すぐに皮膚科に行ったほうがいいのではなかろうか。

「いえ、たとえです」

と本村は真顔で説明した。「植物を育てるのが上手なひとを、『緑の指を持っている』と言うことがあるんです。日本の気候には合わないとされる植物でも、先生が世話をすると、元気にどんどん増えます」

「へえ。なんかコツがあるんすかね」

「植物がなにを求めているのか、感じ取るセンスがすごいとしか言いようがないです」

「本村さんは？」

「私は全然。シロイヌナズナは育てやすいから助かってますけど、自宅ではサボテンすら枯らしたことがあるぐらいです」

本村が心なしか肩を落としたので、藤丸はあわてて言った。

「あんまり植物が育っちゃうのも不便っすよ。雑草もわんさか育つってことでしょ」

「そういえば、先生の夏の休日は、ほとんど庭の草むしりで終わるって言ってました」

「やっぱり」

本村が浮かべた笑みにつられるように、藤丸も笑顔になった。

「サボテンといえば、院生の加藤くんはサボテンのトゲの研究をしてるんですよ」

「サボテンの、トゲ……」

これまた渋い研究対象だ、と藤丸は思った。

「はい。サボテンには葉がないように見えますが、葉っぱが変化したものがトゲなんです。ちなみにバラのトゲは茎から飛びだしていますが、なにが変化してできたのかは、諸説あってわかっていません」

「へええ」

身近だと感じていた植物が、またもや急に謎の物体と化した気がして、藤丸はさりげなく自身の手を確認した。よかった、俺の爪が知らないあいだにとんがってたらどうしようかと思った。

「加藤くんも松田先生と同じく、『緑の指』の持ち主です。温室でサボテンや多肉《たにく》植物をたくさん育ててます」

「温室まであるんですか」

「はい、B号館の近くに。加藤くんに頼めば、なかを見せてもらえますよ」

円谷がつきあっている花屋のはなちゃんの店でも、最近は多肉植物の小さな鉢を売っている。色や形や質感が多種多様なうえに、わりと手間がかからず丈夫なものが多いとかで、インテリアがわりにもなると人気なのだそうだ。

シロイヌナズナの細胞を見た藤丸としては、「植物だって生きてるのに、インテリア扱いしていいのか?」と思わなくもない。しかしそれは、藤丸がインテリア全般に興味がないためかもしれなかった。なにしろ自室にある家具などは、円谷から引き継いだものばかりだ。カーテンは日に焼けているし、卓袱台はぐらぐらするのでチラシを折ったものを脚と畳のあいだに噛ませているし、冷蔵庫には美意識のかけらもないマグネットがいくつも貼りついている。プラスチックのカバーが取れてしまい、マグネットというより単なる磁石と化した代物だ。

そんな調子だから、「植物をインテリアとして、ないがしろに扱うなんて」と感じるわけだが、インテリアにちゃんと気を配っているひとは、当然ながら部屋に置いた植物にも注意を払い、大切に育てるものなのだろう。インテリア観のちがいである。

藤丸としても、殺風景な自室をどうにかしたい気持ちはあるので、「今度、加藤さんに頼んで、温室の多肉植物を見せてもらおう」と心の帳面にメモした。

「こっちが私のチャンバーです」

右手の壁際に置かれたチャンバーへと、本村は藤丸を案内した。

本村のチャンバーは五段に仕切られていた。すべての棚に、料理で使うアルミのバットのようなトレイが置かれている。トレイには、二センチ四方のスポンジっぽい立方体が整然と並んでいた。

「ロックウールといって、土の代わりに使っています。ロックウールのうえにシロイヌナズナの種を播《ま》いて、そのまま育てるんです」

本村はチャンバーのドアを開き、トレイを二つ取りだしてくれた。長机に置かれたトレイを藤丸は見比べる。

一方のトレイには、成長して花をつけたシロイヌナズナがずらりと並んでいた。丈は三十センチぐらい。茎がとても細く、葉がちょびちょび生えている。枝分かれした茎の先端部に、五ミリほどの小さな花が固まってついている。花びらは白くて丸っこく、米粒みたいだ。

たしかに地味で、「雑草」としか形容しようのない姿だったが、可憐で清楚だとも言える。はじめてシロイヌナズナの全貌を見た藤丸は感激し、「そうか、花が白いから『白犬ナズナ』なのかな」と納得した。

もう一方のトレイには、葉が出たてのシロイヌナズナが並んでいた。楕円形《だえんけい》をした緑の葉が、ロックウールからけなげに顔を出している。豆腐の容器を再利用して、窓辺でネギやらカイワレやらを育てるノリに近い。なんだか愛着が湧くし、かわいい植物だなと藤丸は思った。だが、照れくさくて言葉にはできなかった。

「野生株は縁がなめらかですが、変異株はぎざぎざしていたり、葉っぱ自体が長細かったり、逆に円に近い形をしていたりするでしょう？」

ロックウールには、それぞれ小さな札《ふだ》が刺さっていた。どの株を育てているか識別するためだろう。本村に葉の形状のちがいを教えられ、藤丸はトレイにより顔を近づける。

「ほんとだ。葉っぱが出たばかりの状態でも、けっこうちがいがあるもんなんすね」

「遺伝子のほんのちょっとしたちがいで、形が異なってくるんです。でも、どれが秀でていて、どれが劣っているということはありません。すべてシロイヌナズナで、チヤンバーのなかでちゃんと生きていこうとします」

「俺たちと同じっすね……」

藤丸はつぶやいた。顔立ちや体形や肌の色はひとそれぞれちがう。だが、そんなのは些細なことだ。置かれた環境のなかで、少しでも心地よく楽しくあれるように、だれもが日々を生きている。

「植物を擬人化するのは、研究姿勢としてはよくないんですけどね」

と本村は微笑んだ。「葉っぱを採ったり、人工的に交配したり、結局は実験に使うんですが、それでもやっぱり、元気に育ってほしいと思い入れちゃいます」

本村の口から出た「交配」という言葉に、藤丸の心臓は急に動きを激しくしだした。狭い栽培室に二人きりという状況を意識してしまい、「理性」の文字を脳裏に思い浮かべ、架空のエンピツで必死になぞる。しかし残念ながら、理性にも「性」の字が入っている。こらえきれず、

「交配、するんすか」

と尋ねた。声がうわずらなかったことに安堵し、ズボンの尻でひそかに手汗をぬぐう。

「しますね。蕾《つぼみ》の段階で、ピンセットで花びらをそっとかきわけて、おしべの葯《やく》を取ってしまうんです。花粉を作る部分ですね。めしべだけにしておけば、勝手に受粉することを防げるので。花が咲いたら、受粉させたいおしべの葯を取ってきて、めしべに載っけます」

シロイヌナズナの花は、ただでさえ小さい。その蕾といったら、ゴマ粒ぐらいのものだろう。

「むちゃくちゃ器用なんすね」

と、藤丸は改めて感心した。俺も交配されたいと思った。

本村は、隣で藤丸が不穏な思いを抱えていることに気づいていないようで、シロイヌナズナの葉を愛おしそうに指さきで撫でた。チャンバーが投げかける太陽に似た光。本村のなめらかな頰のカーブと、藤丸がいることを忘れてしまったかのように、一心にシロイヌナズナを見つめる眼差し。

「好きです」

と藤丸は言った。本村が驚いたように顔を上げたのと、「しまった、声に出しちゃったぞ」と藤丸が思ったのと、栽培室のドアが開くのとが同時だった。

藤丸と本村は反射的に戸口を振り返った。ドアノブに手をかけたままの体勢で、松田が立っていた。

松田は室内の二人を交互に眺め、あいたほうの手で眼鏡を押しあげてから、

「失礼」

と言った。ドアが閉まり、松田の姿は見えなくなった。

なんなんだ、なんで肝心なところで松田先生が来るんだ、しかもなんか妙に気を利かせて退散してるし、この気まずさをどうすりゃいいんだ、むしろ知らん顔して入ってきてほしかったよ！

混乱と羞恥に見舞われた藤丸の、頭のなかに渦巻く思いを強いて言語化すると、このような感じになる。

「あの……」

と小さな声がした。藤丸はぎくしゃくと本村に向き直る。本村はうつむいていた。ほっぺたには、かかとと同じように朱が差していたが、表情は強張っているように見える。

藤丸は怒濤《どとう》のように言葉を迸《ほとばし》らせた。さしたる心構えもなく突発的に告白してしま

ったことにも、本村を驚かせてしまったことにも、動揺していたからだ。

「いきなりすみません。でもその、つい……、いや、俺が本村さんを好きだなと思ってるのは、『つい』なんてもんじゃないんすけど、いま言うことじゃなかったっていうか、だからあの、返事はいつでもいいんで、あんま深刻に考えすぎないでもらえたら、俺ほんといつでもいいっすし、どんな返事でもその、はい……」

最後はしどろもどろで、自分でもなにを言っているのかわからなくなったので、「じゃっ」と強引に切りあげ、藤丸はぎくしゃくと本村に背を向けた。ぎくしゃくしたまま戸口まで数歩を歩き、栽培室を出る。

少し期待したのだが、最後まで本村が呼びかけてくることはなかった。ドアを閉める寸前に一瞬だけ振り返ると、本村はチャンバーの明かりに照らされ、うつむいた状態で石像のようにただ立っていた。

廊下に出た藤丸は、大きく息を吐いた。直後に気配を感じ、視線を上げる。廊下を挟んだ向かいの壁にもたれて、松田が腕組みしていた。

「わわわわっ」

藤丸は飛びあがる。「なんでまだいるんすか！」

「しぃっ」

と松田は体を起こし、藤丸をうながして廊下を歩きだした。ほかに選択肢もなく、藤丸は食器の入った銀色の箱を持って、しかたなくあとにつづく。

「本村さんの悲鳴でも聞こえたら、踏み入らねばと思いまして」

「俺をどんな野獣だと思ってるんすか。そんなことしませんよ」

「すみません」

「ていうか、え、もしかして先生、本村さんとつきあってるんすか」

「私をどういう人間だと思ってるんですか。教え子に手を出したりなどしませんよ」

「すいません」

藤丸は殺し屋に波止場へ連行されていくような気分で、松田の隣に並んだ。「栽培室になにか用事があったんじゃないんすか」

「チャンバーのホースをどうしたかなと、確認するつもりでした」

「それだったら、床を拭いときました」

「そうだろうと思いました。ありがとうございます」

松田は階段のほうへ向かっている。ホースの確認と藤丸の見張りという用事が済んだので、三階の研究室へ戻ろうとしているらしい。なんだか独特のテンポのひとだな、と藤丸は思ったが、昼休憩の時間も残り少なくなっているし、階段へ向かうことに否やはない。おとなしく松田に従った。

二階の階段で別れるとき、

「健闘を祈りますが」

と松田は言った。「どういう結果であれ、植物に興味があるなら、またいらっしゃい。学問の扉は、すべてのひとに対して開かれています」

藤丸は一階へと階段を下りながら、「学問をする自信はないけど……」と考えた。でも、理学部B号館に、また出入りできればうれしい。本村の返事が、どういうものであったとしても。

結局、藤丸は昼食を摂りそびれたのだが、その事実に思いいたったのは、夜の営業時間も終わりに近づいたころだった。

あいた皿を重ねて厨房まで戻ったら、めまいがする。ふだんなら、満杯のビールグラスをお盆に十個載せて運んでも、重さなど微塵《みじん》も感じないのに。変だなと思ってい

ると、

「おまえ、飯食ってないんじゃないか」

と円谷が鋭く指摘した。「顔が青くなっちゃってるぞ」

緑の指ならぬ青の顔。そりゃ大変だ、とどこか他人事《ひとごと》のように受け止めた藤丸をよそに、円谷は残り物のキャベツやら豚ひき肉やらを使って、手早くチャーハンを作ってくれた。

空腹と告白という重大事が心身両面に影響を及ぼし、貧血を起こしかけていたのだろう。藤丸は生まれつき頑丈で、風邪すらもほとんど引かぬたちだ。それゆえ体調不良に気づけず、「あれれ、変だな」と悠長に構えていたのだった。

夜も深まり、店内に残っている客は、常連のアジフライのおじさんと、寝酒をひっかけにきたクリーニング店のおばちゃんだけだった。藤丸は円谷にせっつかれるまま、隅っこの客席でチャーハンを食べた。最初の一口で腹が減っていたことをようやく実感し、あとはがっつくようにたいらげた。体じゅうがあたたまり、顔に血色が戻るのが自分でもわかった。

「ビタミンも摂れ」と円谷に言われ、食後にオレンジジュースを飲む。なぜかアジフライのおじさんとクリーニング店のおばちゃんが、それぞれの席から藤丸のいるテーブルに移動してきた。おじさんは藤丸の向かいに、おばちゃんは藤丸の隣に、ワイングラスを手にちゃっかりと席を占める。店の表の明かりを消した円谷も、おじさんの隣に座った。

「ちょっと、なんで集結してきたんすか」

藤丸は居心地の悪い思いで、オレンジジュースが入ったコップを揺らす。

「あれか」

と、円谷が言った。「藤丸改め、フラ丸になったのか」

「なんすか、フラ丸って」

「フラれたのかってことよ」

クリーニング店のおばちゃんが、椅子ごとぐいぐい距離を詰めてきた。声音は真剣だが、目が好奇心で輝いている。

「気を落とすなよ、フラ……、もとい、藤丸くん」

と、アジフライのおじさんも余計な励ましを送ってくる。

藤丸は赤面した。その色を映して、オレンジジュースがトマトジュースに変化するのではないかと思われるほどだった。

どうして常連さんたちが、俺の恋愛事情を知ってるんだ。いや、情報源はひとつしかない。

「大将！」

コップを叩きつけるようにテーブルに置き、藤丸は叫んだ。「なんでしゃべっちゃうんですか！」

「すまん、つい」

「『つい』じゃないっすよ！」

自身もつい告白してしまったことを棚に上げ、藤丸は円谷を責めた。ところが円谷は、

「え、ほんとにフラれちまったのか？」

などと呑気なものだ。全身の体毛が逆立ちそうになったが、おじさんとおばちゃんに「まあまあ」となだめられ、藤丸はなんとか気持ちを落ち着かせた。

「いえ、まだっすけど……」

「『まだ』って、どういうこと」

おばちゃんがいっそう身を乗りだしてくる。「告白もしてないの？」

なんでそんなことを申告しなきゃいけないんだ、と思ったが、おばちゃんの目がいよいよ輝きを帯び、額と額がくっつきそうなほど距離も縮まってきていたので、

「しました」

と藤丸は白状した。「でも、返事はまだっす」

「じらされたってことかい？」

おじさんがグラスの白ワインをあおる。「悪い女だねえ」

「そうじゃないです！」

藤丸は思わず声のトーンを上げた。「俺が、返事はいまじゃなくていいって言ったんです」

「どうせ、言うだけ言って、逃げだしてきたんだろ？」

さすが師匠だけあって、円谷は藤丸の行動をよくわかっている。「意気地がないもんなあ、おまえ」

「正ちゃんたら、よく言うよ」

クリーニング店のおばちゃんが、藤丸に代わって反撃に出てくれた。「はなちゃん

に告白するまで、何年かかったのさ」

「ごめんごめん」

と、アジフライのおじさんも言った。「藤丸くんが好きになったんだから、悪いひとなわけないいな」

「ねえ、どんな子なの」

「どんなって……」

おばちゃんに問われ、藤丸は口ごもる。「植物が好きで、変なTシャツ着てて……」

だが、どれだけ言葉で説明しようとも、本村を言い表せる気がしなかった。シロイヌナズナの葉をまえに笑いあったこと。顕微鏡のピントを合わせてくれた指。細胞の精緻さを語ったときの、眼鏡越しのうつくしい目。それらすべてをひっくるめた渦に、藤丸の心は巻きこまれていったのだ。自分でも気づかぬうちに。

貧血みたいなもんだな、と藤丸は思った。

黙りこんだ藤丸を放って、円谷たちは「お相手の人物像」を好き勝手に推測しはじめた。

「意外とヤンキーっぽかったりするかもな」

「藤丸くんの好みは、清楚なお嬢さんだと思うけどなあ」

「ヤンキーが好きなのは正ちゃんでしょ。はなちゃん、元ヤンだもんねえ。当時はヤンキーなんて言わなかったけど」

「バカヤロウ！　はなちゃんはちょっとグレてただけだ」

円服亭の常連には、商店街仲間をはじめ、互いを幼いころから知るひとが多い。議題は「お相手の人物像」からどんどんそれて、「同窓会の会話」みたいになっている。円谷までもが、いつのまにかビールを飲んでいる。

いまは肝っ玉母さん風の花屋のはなちゃんが、不良だったとは。藤丸は驚きつつも、クリーニング店のおばちゃんにどいてもらい、厨房で洗い物をするためにテーブルから脱出した。

円谷たちの宴会は、心配したはなちゃんが電話をしてくるまでつづいた。

「正ちゃん、あたしもう寝るけど、ちゃんと鍵持ってる？」

酔っ払いの世話と店の片づけに追われた藤丸は、日付が変わってしばらくしてから床《とこ》についた。けっこう気が紛れたなと思った。あるいはそれが円谷たちの戦略だったのかもしれないし、ただ単に飲みたかっただけなのかもしれない。パワーあふれる中高年男女の真意は、藤丸には謎である。

とはいえ、目を閉じてもなかなか眠りは訪れなかった。石像のようだった本村が思い浮かぶ。藤丸は、寝返りを打っては「あああ」とうめく夜を過ごした。

本村が円服亭に電話をかけてきたのは、藤丸が栽培室で思いを告げてから三日後のことだった。

ちょうど円服亭が定休日だったので、藤丸は朝寝を決めこんでいた。三日間、「いつ返事をもらえるのかな。ちょっと様子を見に……。いやいや、『待つ』って言ったんだから、ドンと構えていろ俺」などと、期待と不安を抱きながら働いて、大変疲れていたためだ。

階下で店の電話が鳴っているのに気づき、藤丸は一気に覚醒した。抱えこんでいた枕を放りだし、階段を駆けおりる。「本村さんだ」となんとなく予感がしたから、必死だった。

「お電話ありがとうございます、円服亭です！」

レジ横に置いてある電話を意気込んで取ると、

「藤丸さんはいらっしゃいますか」

と、案の定本村の声が聞こえてきた。

「はい俺、ぼく、俺です」

ふだんの自称すらも定かでなくなって、妙な受け答えをしてしまう。

「本村です。あの、先日は……」

「はい」

藤丸はつづきを待ったが、本村はしばらく黙っていた。静かに呼吸しているのが受話器越しに伝わってくる。店内の壁にかけられた時計を確認する。午前九時を少し過ぎたところだ。

ややあって本村は、

「先日のお返事をしたいんです」

と言った。消え入りそうな声だった。

「こちらから出向くべきなんですが、今日のお昼休みに、地下の顕微鏡室の予約が取れました。藤丸さんのご都合はいかがでしょうか」

告白の返事と顕微鏡室とがどうつながっているのかわからなかったが、

「大丈夫です」

と答えた。「今日は定休日なんで」

電話を切った藤丸は、自室に戻っていつもより念入りに顔を洗い、厚切りのトーストと目玉焼きとコーヒーを胃に収め、いつもより念入りに歯を磨いてから、一番色落ちしていないTシャツとジーンズに着替えた。それでもまだ十時まえだったので、窓辺に座って外を眺める。

向かいの家のムクゲの花は、季節が秋に移ろったいまも残っていた。だが心なしか、薄い花びらがしんなりしているようだったし、道に落ちているものもあった。側溝の蓋に貼りついて茶色く変色した花を見ながら、藤丸はしばらくぼんやりしていた。言葉になりきらない、ちぎれた雲みたいな想念が脳内をよぎっては消えていった。

それからも、時間をつぶすために表を掃いたり、店のドアにはめられたガラスを磨いたりした。掃き掃除のついでに、道に落ちたムクゲの花も始末した。すっきりした側溝の蓋に視線を落とし、気づくとまたちぎれた雲を飛ばしていた。

約束した時間がやっと近づき、藤丸はT大へ向かった。当初は、いつものように空色の自転車で行くつもりだったのだが、ふと思い直して徒歩にした。

手ぶらで本郷通りを渡り、赤門をくぐる。はじめて宅配に来たときは、エプロンをして出前用の箱がぶらさがった自転車を引いていることで、なんだか気おくれがした。でもいまは、「仕事」という名目もなく本村を訪ねる自分が、すごく無防備な存在になったようでこわかった。

理学部B号館の玄関ホールに立つ本村を見たとき、「ああ」と藤丸は思った。なにがどう「ああ」なのかわからないが、そう思った。本村は、今日は無地のTシャツを着ていた。藤丸の自転車と同じ色、B号館の上空に広がっているのと同じ色だ。

「こんにちは」

と二人は同時に、ぎこちなく挨拶した。

「お休みの日なのに、すみません」

「いえ、どうせ暇っすから」

藤丸の物言いがつっけんどんに聞こえたのか、本村は表情の選択に困ったみたいに、うつむいてしまった。藤丸はあわてて、

「顕微鏡を見せてもらえるんすよね」

と、本村の気が楽になりそうな話題を振った。本村はうなずき、まわれ右をした。

玄関ホールの片隅に、地下へとつづく狭い階段があった。本村はその階段を下りていく。

藤丸はいままで、研究室へ行くことばかりに気を取られ、ホールにそんな階段があるとは気づいていなかった。いつも使っている上階への階段は、板張りの立派なものだが、こちらは階段面も壁もコンクリートがむきだしになっている。しかも、壁のところどころに取りつけられた蛍光灯が切れかけているのか、なんとなく光が弱い。一段下りるたびに、気温が少しずつ下がっていくような気もする。

薄暗い階段を下りきったさきには、細く長い通路がまっすぐにのびていた。壁沿いには事務用棚や配電盤らしき四角い箱が置かれ、天井には何本もの配管が走っている。通路もまた、薄暗い。ごうんごうんと地鳴りのような音が、地下空間に低くかすかに響いている。藤丸はしばし足を止め、あたりを見まわした。核シェルターにでもなりそうなほど、壁も天井も分厚いコンクリートで頑丈に作られているようだ。相当年季が入っている。理学部B号館は、現代的なビルとはまるで風合いがちがい、外観からして優雅さと重厚さを兼ね備えたものだが、内部のつくりもかなりしっかりしていそうだ。

「この建物って、いつごろできたんですか」

「築八十年以上になります。関東大震災の直後に設計されたので、耐震耐火にすごく力を入れたらしくて。何年かまえ、バリアフリー化でB号館にエレベーターを設置することになったんですが、壁が頑丈すぎて、工事のかたが穴をあけるのに苦労されたみたいです」

そうだろうなあ、と藤丸は思った。素人の目から見ても、B号館が長い年月にも耐えうるように建てられているのがわかる。徐々に劣化していくのではなく、風雪によって磨きがかかり、味わいを深めていくように、丁寧に作ってある。

理学部B号館の八十年以上の歴史はそのまま、ここで学び、研究した人々の歴史だ。それはきっと、趣のあるB号館とともに、このあともずっとつづくのだろう。重ねられていく時間と学問の厚みに、藤丸は気が遠くなるような思いがした。

しかし、時間と人々の思いが堆積しているがゆえに、B号館の特に地下空間には、一種独特の雰囲気があるのも事実だ。薄暗いこともあいまって、率直に言って出そうである。

「あのー、代々語り伝えられてる怪談とかないんすか」

藤丸はびくつきながら聞いた。通路を歩きだした本村を、あわてて追う。

「たしかに、お化けが出てもおかしくないムードですよね」

と本村は声に笑いをにじませた。「でも、B号館で見たという話は聞いたことありません」

そうか、だれもかれも研究に夢中だから、幽霊が出ても気づかないんだな、と藤丸は納得する。むなしく霧散していく白い影を思い浮かべ、なんだか気の毒になった。

十メートルほど進んだところで、本村が左手にあった鉄製のドアを開けた。防火扉のような、灰色の重そうなドアだった。

「ここでスリッパに履きかえてください。外の土や埃をなるべく持ちこまないようにしなくてはいけないので」

ドアを開けてすぐのところに、下駄箱が設置されていた。病院の待合室のように、スリッパやほかのひとの靴が並んでいる。藤丸は言われたとおり、スニーカーを脱いでスリッパに履きかえた。本村はゴム草履を脱ぎ、下駄箱からイチゴ柄のスリッパを取りだした。本村専用のスリッパのようだ。珍奇な柄ではなかったので、藤丸はそこはかとなく安心した。

鉄のドアからさきは、ますます迷宮じみた地下空間が広がっていた。

通路はさらに細く、天井を這う配管はさらに太くなった。天井は各所で低くなっており、藤丸は配管に頭をぶつけぬよう、身をかがめて歩かねばならなかった。角をいくつも曲がり、たまに二、三段ほどの段差を上がったり下りたりする。コンクリートの床面で、二人の履いたスリッパがぱたぱたと音を立てた。

通路の壁には時折、鉄のドアが現れる。「ボイラー室」とプレートに記されたもの、「危険！　関係者以外立入禁止」とシールが貼られたもの。さまざまなドアがあったが、本村はすべて素通りし、やがて狭い通路は行き止まりになった。

そこには、地上階と同じ木製のドアがひとつあった。真鍮のノブがついている。コンクリートと鉄の無機質な地下空間を歩いてきた藤丸は、深い森のなかでお菓子の家を目撃したような気持ちになった。

本村がドアを持ちあげるようにしながら、ノブをまわす。

「顕微鏡室です」

殺風景で小さな部屋だった。壁際に灰色の事務用机が二つ並べられている。そのうえに、実験室のものよりも二回りほど大きな顕微鏡が二台、置いてあった。どちらの顕微鏡のかたわらにも、デスクトップ型のパソコンが設置されている。

「写真を撮って保存できるように、顕微鏡とパソコンをつないであります」

本村は電気をつけずに顕微鏡室に入った。なぜそれが可能だったかと言えば、顕微鏡室の奥につづき部屋があるらしく、そちらから蛍光灯の明かりが漏れていたからだ。顕微鏡室とつづき部屋とのあいだのドアは取りはずされ、壁に長方形の穴があいたような恰好だ。

「あっちはなんですか？」

と、つづき部屋への出入り口を見ながら、藤丸は尋ねた。

「栽培室です。二階の栽培室だけではチャンバーが入りきらないので、こちらでもシロイヌナズナを育てています」

そういえば、地下にも栽培室があると言ってたっけ、と藤丸は思い出す。まったく日が差さない地下で、植物がにょろにょろと育つさまを想像すると、なんだか妙な気持ちがした。俺がシロイヌナズナだったら、地下のチャンバーのなかではなく、やっぱり道端に生えたいな、と思う。

排ガスにさらされ、寒かったり暑かったり虫に食われたり大変かもしれないけれど、そよぐ風を葉に感じたいし、ひなたぼっこをしたり雨に打たれたりしたい。でも、そう思うのは藤丸が、自由に出歩けるのが当然という環境で生きてきたからで、種の時点からチャンバーしか知らないシロイヌナズナにとっては、そこが天国なのかもしれない。

藤丸だって、宇宙や深海に行くことはできない。ましてや、暮らすことなど無理だ。そう考えると、藤丸が感じている自由もまた、「檻のなかの自由」にすぎないと言えるだろう。光と水さえ適切に与えられれば、地下のチャンバーのなかでも生きていけるシロイヌナズナのほうが、よっぽどたくましく自由な存在だとも言えそうだ。

地下の栽培室も見てみたいなと思ったのだが、本村は顕微鏡が載った事務用机のほうへ向かう。つづき部屋の出入り口へと足を運びかけていた藤丸も、おとなしく引き返し、本村のそばに行く。

本村はキャスターがついた椅子に座った。勧められ、藤丸ももうひとつの椅子に腰かける。

ふと見ると、事務用机の引き出しがすべて抜き取られていた。書類などをしまう引き出しをなくしてしまえば、机の下のあいたスペースに膝《ひざ》を入れられるので、座った状態での作業をしやすい。机に並べられた顕微鏡とパソコンのあいだを行き来するのも、椅子に座ったまま比較的スムーズにできる。

なるほど、工夫してあるなあ。じゃあ、取り去った引き出しはどうしたんだろう、と藤丸は部屋を見まわした。顕微鏡室の薄暗い片隅に、からっぽの引き出しが無造作に積みあげられていた。植物を研究するひとたちも、インテリアにはあまり興味がないみたいだ、と親近感を覚えた。

本村はスタンドのスイッチを入れ、机に置いてあったスライドグラスを、明るくなった手もとに引き寄せた。

「シロイヌナズナの、ごく若い葉っぱです」

藤丸は上半身を少し傾け、スライドグラスに顔を近づける。よく見るとカバーグラスの下に、直径二ミリほどの透明な丸いものがあった。

「ものすごくちっちゃいですね」

「顔を出したての葉を摘んだので。色素は抜いてあります」

本村はかたわらの顕微鏡に、スライドグラスをセットした。「どうぞ」

藤丸はうながされるまま、椅子ごとごろごろと位置を移動し、顕微鏡を覗いた。

視界いっぱいに、透明のイクラみたいなつぶつぶが広がる。以前、三階の実験室で顕微鏡を覗いたときにも、これと同じようなものを目にした。葉の内部にある細胞の層。本村が毎日毎日、数を数える対象にしている細胞だ。

「見えますか？」

いま、スライドグラスに載っている葉は、前回見た葉っぱよりも格段に小さなものだ。にもかかわらず、やはり丸い細胞が整然と、密に詰まっている。なんだかけなげだなと思いつつ、藤丸は本村の問いかけに黙ってうなずいた。

「では、スライドグラスに照射する光を、白色から青い色に変えます」

本村が、顕微鏡のスイッチをぱちりと切り替えた。とたんに、藤丸の目に映る世界が姿を一変させた。

そこに広がっていたのは、銀河だった。暗闇のなかに、無数の銀の粒がちらばっている。

藤丸は声も出せず、顕微鏡が映しだす満天の星を食い入るように眺めた。実際、接眼レンズにあまりにも目を近づけてしまったせいで、縁の部分が皮膚にめりこんで痛いほどだった。

やっとレンズから顔を上げた藤丸は、片手で眼球を揉み、もう片方の手で顕微鏡を指しながら、

「どうして……」

と言った。「どうして星が見えるんだろ。これ、天体望遠鏡にもなる顕微鏡なんすか?」

本村は静かに首を振った。

「藤丸さんが見たのは、さっきと同じシロイヌナズナの葉っぱです。DNAを複製している細胞が、星のように光ってるんです」

「あのきらきらした粒のひとつひとつが、細胞……?」

藤丸は混乱した。「なんで細胞が光るんですか?」

「塩基《えんき》に似たものに蛍光の色素をくっつけ、細胞に取りこませたからです。これはまだ若い葉で、活発にDNAを複製しているので、あちこちで細胞のなかの核《かく》が光るんです」

「DNAを複製すると、どうなるんすか?」

「そのまま葉を摘まずにおけば、核が分裂し細胞が増えます」

「はあ……」

　難しい仕組みはよくわからなかったが、細胞の状態を観察しやすくするため、DNAが複製されていたら光るよう、仕掛けを施した葉なのだ、ということだけは飲みこめた。光っている無数の星はすべて、本村に葉を摘まれる瞬間まで、成長しようと活動していた細胞の墓標なのだ、ということも。

　藤丸はもう一度、顕微鏡を覗いた。生命活動の証《あかし》を光として放つ、死んだ細胞の群れ。小さな葉のなかに存在する、うつくしくさびしい銀河。

「藤丸さん」

　と呼びかけられ、藤丸は本村に向き直った。本村も藤丸をまっすぐに見ていた。

「私は藤丸さんの思いに応えることはできません」

　わかっていた。なんとなく予感がしていた。この銀河を目にしたときから。いや、今朝、電話が鳴ったときからかもしれない。

　藤丸には決して触れられない世界が、本村のなかにある。

　それでも藤丸は食い下がった。かっこ悪いな、俺、と思いながらも、聞かずにはいられなかった。好きになったひとだから。好きになってほしかったからだ。

「待ってても駄目っすか」

本村の唇がかすかに震えた。泣くのを我慢しているみたいだった。

「……はい」

と本村は視線をそらさずに言った。「でもそれは、藤丸さんだから駄目ということではありません」

顕微鏡室に沈黙が落ちた。つづき部屋のほうで、ごぼごぼと濁った音がした。チャンバーが内部に溜まった水を排出しているらしい。気まずいこの瞬間にも、シロイヌナズナの細胞はＤＮＡを盛んに複製しているはずだ。

えーと、と藤丸は考えた。俺だから駄目なわけじゃないっていうのは、どういう意味だろう。必死に頭を回転させ、

「つきあってるひとがいるとか……」

と言いかけたのだが、

「いません」

と即座に返された。

「えーと」

藤丸の困惑はますます深まった。「だとしたらなおさら、気をつかわなくていいすよ。『おまえに興味ないからつきあわない』って、ずばりと言ってもらったほうが……」

現時点でかなり胸が痛いので、できればマイルドな表現にしてほしいが、はっきりと引導を渡されたほうが救われる。

「あまり言いたくなかったのですが、それでは本当のところを打ち明けます」

本村が背筋をのばしたので、藤丸もつられてしゃちほこばった。

「はい」

「私は、だれともつきあいません」

藤丸は呆気《あっけ》に取られ、次の瞬間、

「なんで！」

と思わず声を張りあげた。「いえ、すみません、でかい声出して。つきあわないって、どうしてですか」

信仰上の制約があるとか、健康上の理由があるとか、そういうことなのか？　たとえそうだとしても、予期せず恋に落ちることだってあるはずだ。いくら「つきあいません」と決めたところで、恋愛というのは意志の力だけでどうにかなるようなものなのだろうか。

そんな疑念がもくもくと脳内に湧いてきて、藤丸はなおも尋ねた。

「俺を選んでほしいってことじゃなくて、もちろん選んでもらえればうれしいっすけど、それはまあ置いておいて、なんで『つきあわない』と言い切れるんです。これから、すごいイケメンで性格がよくて使いきれないぐらい金も持ってるやつに告白されるかもしれないんですよ」

「きらめく星をご覧になったでしょう」

本村は視線で顕微鏡を指した。

「はい」

「私たちの体内でも、同じように細胞は活動しています。ではなぜ、私は人間やそのほかの動物ではなく、植物を研究対象に選んだのか」

本村の目が、再び正面から藤丸をとらえた。真っ黒な目に吸いこまれそうだ。藤丸はほとんど呼吸も止めて、本村が語ることに耳を傾けた。

「植物には、脳も神経もありません。つまり、思考も感情もない。人間が言うところの、『愛』という概念がないのです。それでも旺盛に繁殖し、多様な形態を持ち、環境に適応して、地球のあちこちで生きている。不思議だと思いませんか？」

本村があまりにも淡々と述べたので、むしろ藤丸は、植物ではなく人間のほうが不思議なんじゃないか、という思いにとらわれた。愛などというあやふやなものを振りかざさなければ繁殖できない人間のほうが、奇妙で気味の悪い生き物なんじゃないか、と。

「だから私は、植物を選びました。愛のない世界を生きる植物の研究に、すべてを捧げると決めています。だれともつきあうことはできないし、しないのです」

ああ。藤丸は大きく息を吐いた。本村さんは、植物という銀河の渦に巻きこまれたひとなんだ。だってほら、本村さんの目。青い光に照らされた葉っぱの細胞そのものだ。宇宙みたいに漆黒で、だけどよく見るとその奥に、輝く光が宿っている。分裂し増殖するエネルギー。恋でも愛でもないものに突き動かされ、死ぬまでの永遠を駆け抜ける。

「よくわかりました」

藤丸は立ちあがった。「もう、本村さんを困らせるようなことは言いません」

大将の忠告は正しかった。好きだなどと言って、本村さんを煩《わずら》わせ、研究の邪魔をしてはいけなかったんだ。

藤丸はすたすた歩き、顕微鏡室のドアを開ける。

「あの、藤丸さん……」

本村は、謝るべきなのか否か迷っている気配だ。藤丸は根性で笑顔を作り、室内を振り返った。

「でも、また来てもいいすか。出前のついでに、ちょっと栽培室とか温室とか覗かせてもらう、植物研究に興味がある円服亭の店員として」

「はい、それはもちろん」

「ありがとうございます」

「玄関ホールまでお送りします」

本村が椅子から腰を浮かしかけたので、藤丸は「いいっす、いいっす」と止めた。

「一人で大丈夫です。じゃっ」

顕微鏡室を出て、うしろ手に木製のドアを閉める。本村が追いかけてきたらまずいと思い、狭い通路をあせって進みはじめる。ところが三歩目で早くも、低い天井を這う配管に額をぶつけた。

「くうぅ」

額をさすり、痛みに耐えながら、藤丸は迷宮のような通路を行く。何度も道を見失い、理学部B号館の地下でひと知れずミイラになる運命かと絶望的な気持ちになった。にじんだ涙で視界が曇っていたのも、迷子になった一因だった。俺が涙ぐんでいるのは、ぶつけたおでこが痛いし、出口がどこかわからなくて心細いからだ、と思おうとした。

やっとのことで重厚な鉄のドアまでたどりつき、藤丸はスリッパからスニーカーに履きかえた。本村のゴム草履をなるべく見ないよう心がけた。

まっすぐにのびる通路を進み、玄関ホールへと至る薄暗い階段を上る。

地下にいるあいだにずいぶん時間が経った気がしたが、理学部B号館の外へ出ると、昼下がりの空はあいかわらず水色だった。本村が着ていたTシャツと同じ色。

まちがっても目から水漏れしないよう、藤丸はまばたきを控えめにしてT大構内を歩いた。雲を踏むみたいに足もとが心もとない。

こうなるような気がしたから、自転車を使うのを避けたのだ。大勢のひとが行き交う構内で、視界が曇りっぱなしのものが自転車を漕ぐのはまずいから。

赤門をくぐるとき、「あーあ」と藤丸は思った。俺、失恋したんだな、と。叫びたいような、アスファルトの道路にものも言わず沈んでいきたいような、そんな気持ちに駆り立てられ、横断歩道の信号が青に変わるのと同時に猛然と走りだす。

そのままの勢いで円服亭の鍵を開け、厨房の冷蔵庫から勝手に牛乳パックを取りだして、コップにつぎもせず直接ごくごく飲んだ。こんな日にかぎって、どうして定休日なのだろう。「やーい、フラ丸ー」と円谷や常連客に囃《はや》され、とどめを刺してもらいたかったのに。

パックに半分ほど残っていた牛乳を一気に飲み干し、藤丸は心を落ち着けた。二階の自室に引きあげ、敷いたままだった布団にうつぶせに倒れこむ。

しょうがない。好意を抱いた相手に受け入れてもらえないなんて、よくあることだ。これまでだって何度かあったし、これからも何度もあるだろう。それでもきっと俺は懲《こ》りずにまた、本村さんじゃないべつのだれかに恋をする。いいなと思って、もしかしたら相手も俺のことをそう思ってくれて、結婚して子どもができる、という展開もあるかもしれない。対象となる相手がちがうから、まえの恋とまったく同じ気持ちにはなりようがないが、同じ熱量でいくらでも再生可能。そんなもんだ、恋なんて。

だけど、いまは悲しい。松田研究室に料理をデリバリーしても、しばらくは「もうなんとも思ってない」ふりをしなきゃならない。好きだなと感じた気持ちを、なかったことにしなきゃならない。それがつらい。胸なのか腹なのか、なんかそのあたりの骨か肉がちぎれそうに痛む。

藤丸は枕を抱え、体を丸めて目を閉じた。

いや、俺のことはどうでもいい。いつかまた恋をするんだろうなと、自分でもわかってるから。痛みが薄らぐまで、少しのあいだ我慢すればいいだけだ。

だが、本村はどうするのだろう。死ぬまでずっと一人で顕微鏡を覗き、シロイヌナズナの細胞を数えつづけるのだろうか。そうだとしたら、ちょっとさびしい気がする。

フラ丸と化した経験はいままでにもあったが、たいていは、「彼氏がいるから」とか「藤丸くんとは友だちでいたいの」とか、そんな感じの断られかただった。「愛のない世界の研究にすべてを捧げたいから」という理由ははじめてで、「斬新っていうか変人っていうか、本村さんっぽいな」と思う。「こういうわけでフラれちゃったんだ」と友だちに失恋のつらさを打ち明けたとしても、どうにも理解と共感を得られそうになく、藤丸としても困惑することしきりだ。

だからこそ、本村さんを好きになったのかもしれない。と藤丸は思う。本村も、本村に「すべてを捧げる」とまで言わせる植物の研究も、藤丸にとっては不可解で謎に満ちているから。植物のなにがそんなに本村を惹きつけるのか、ますます知りたくなった。

しつこくして本村を困らせるつもりはないし、叶《かな》わなかった恋心を早く埋葬してしまいたい気持ちは藤丸にだってあるので、本来ならば松田研究室への料理の宅配は、適当な理由をつけて断るべきなのかもしれない。でも、「知りたい」という思いがやみがたく胸のうちにある。

仕事なんだからと大手を振って、これからも理学部B号館に行こう。本村さんがシロイヌナズナの細胞を顕微鏡で覗くように、俺もひそかに本村さんたちを観察しつづけよう。

藤丸はそう決意した。なぜ、本村たちは植物の研究にのめりこむのか。それを十全に知らないままでは、たとえ埋葬したとしても、恋心がゾンビ化してしまいそうだ。

まぶたの裏に、銀の星々が浮かびあがる。闇のなかで放たれるかそけき光。なんてきれいなんだろう。きれいとさびしいって、どうしてこんなに似てるんだろう。

藤丸は目を閉じたまま、ただ銀河を見つめていた。

二章

本村紗英《もとむらさえ》は五秒ほど迷った。

顕微鏡室から出ていった藤丸陽太《ふじまるようた》を、追ったほうがいいのか、そっとしておいたほうがいいのか。

真摯《しんし》な思いを打ち明けられたのに、交際を断ってしまったのだから、いまはそっとしておくべきだ。その程度の常識は、もちろん本村だって装備している。

だが、顕微鏡室があるのは、T大理学部B号館の地下なのだ。薄暗く、入り組んだ狭い通路。不規則に配置された、どれも似たような鉄製のドア。ここは迷宮だ。本村も当初は何度も迷子になった。たまたま通りかかったほかの研究室の院生に半泣きで声をかけ、顕微鏡室まで連れていってもらったことがあるぐらいだ。

今日、はじめてこの迷宮に足を踏み入れた藤丸が、一人で出口までたどりつけるものなのか、はなはだ不安だ。

やっぱり追いかけて、玄関ホールまで送ったほうがいい。

本村は事務用椅子から立ちあがった。するとそのとき、

「見ーたーぞー」

と声がした。びっくりして振り返ると、つづき部屋の出入り口に、松田《まつだ》研究室のポスドク、岩間《いわま》はるかが立っていた。

「ていうか、『聞ーいーたーぞー』なんだけどね」

岩間は笑いながら、顕微鏡室にいる本村のほうへやってきた。「ここで告白の返事をするときは、奥にひとがいないか確認してからにしてよ」

本村にとって岩間は、研究室の頼れる姉貴分だ。ショートカットですらりと背の高い岩間は、さばけた性格でありつつも、ときに繊細な気づかいをしてくれる。本村と同じく、シロイヌナズナを実験に使っていることもあって、しょっちゅう情報交換したり相談しあったりする間柄だ。

ちなみに岩間の専門は気孔《きこう》の研究なので、本村は特製の気孔Tシャツを岩間にもあげた。とても喜ばれたが、外で着る勇気がないとかで、パジャマとして活用中だそうだ。絶対に似合ってるはずだから、大学にも着てくれればいいのに、と本村は思ってい

る。

「えっ、えっ⁉」

突然の岩間の出現に、本村は激しく動揺した。「もしかして岩間さん、ずっと栽培室にいましたか？」

「いました」

岩間はあきれたようにため息をつく。「だってこっそり退散したくても、顕微鏡室を突っ切る以外に方法がないんだもん。『困ったな』と思ううちに、あなたたちの会話はどんどんプライベートなものになってくし。しょうがないから、『どうか栽培室のほうに来ませんように』って祈りながら、シロイヌナズナと一緒に息を殺してたわよ」

「すみません」

「あれ、円服亭《えんぷくてい》の店員さんでしょ？　気が合ってるように思えたけど、断っちゃっていいの？」

「……はい」

うなずいた本村を見て、岩間はもう一度小さくため息をついた。

「ばかだねえ。本村さんは頭いいのに、ばかな子でもある」

　そこがかわいいんだけどね、と岩間は笑い、あとはもう、本村と藤丸のあいだで交わされた会話などなかったかのように、「うえに戻ろっか」と言った。

　T大理学部のなかでも生物科学専攻は、女性の割合が高いほうだ。とはいえ理系分野の学生や院生は、やはりまだまだ男性が多い。研究のうえで性別はまったく問題にも壁にもならないが、気の合う女性が同じ研究室にいることを、本村はこういうとき特に心強く感じるのだった。

　岩間とともに、顕微鏡室をあとにする。

　地下通路のどこかで藤丸が行き倒れているのではないかと、本村はさりげなく視線をうろつかせた。幸いにも、藤丸の姿は見当たらなかった。下駄箱から靴が消えていたし、無事に地上へたどりつけたのだと思いたい。

　研究室のある三階まで上がると、松田賢三郎《けんざぶろう》が廊下を歩いていた。いったい何着、黒いスーツを持ってるんだろうと、今日もまた本村は不思議に思った。岩間は、「あ、先生」と小走りで松田に近づく。

「地下のチャンバー、やっぱりちょっと排水がうまくいってないみたいです。ほら、

「一番手前のもの」

「そうですか。けっこう長く使ってますからね。中岡《なかおか》さんに言って、業者のひとに見にきてもらうようにしましょう」

立ち話をはじめた岩間と松田の脇をすり抜け、本村は研究室に入った。

本村に割り当てられた机は、ドアにもっとも近い位置にある。椅子に座り、ノートパソコンのキーボードに軽く触れてスリープを解除する。壁紙はシロイヌナズナの細胞の顕微鏡写真だ。整然と並んだ丸い粒。シロイヌナズナは細胞までもがかわいらしい。パソコンを立ち上げるたび、つい壁紙に見入ってしまう。

「どうして星が見えるのか」と尋ねてきたときの、藤丸の顔が思い浮かんだ。天体望遠鏡にもなる顕微鏡。そんな便利なものがあったらいいのに。本村は微笑む。

だけど実際は、両者のいいとこどりなんてできない。遠くを見る機能が欲しければ、細胞を見るのは諦めなければならないし、微細なものを見る機能が欲しければ、星を見るのは諦めなければならない。

微笑みは一瞬で消え、本村はパソコンで論文のデータベースにアクセスする。表示される英文にざっと目を走らせ、植物学に関する最新の情報を拾い読みしていく。

藤丸のことは、もう忘れていた。

本村は学部の四年間、T大ではなく、神奈川県にキャンパスがある私立大学に通っていた。理系の全学部と、文系の一部の学部が入った広大なキャンパスで、本村は大《だい》腸菌《ちょうきん》を研究するゼミに所属した。学部生のころから、ちまちましたものを顕微鏡で見るのが好きだったのだ。

シロイヌナズナと同様、大腸菌も「モデル生物」として、分子生物学の世界ではメジャーな存在だ。生まれてから死ぬまでのサイクルが短く、世代交代していくさまを持続的に観察しやすい。

しかも、シロイヌナズナとちがって単細胞《たんさいぼう》生物なので、寒天培地《かんてんばいち》でわりと簡単にクローンを増やせる。シャーレいっぱいにもくもくと大腸菌がコロニーを作り、予想以上の生命力に、本村も困惑させられることがしばしばあった。

単細胞生物といえど、細胞であることにちがいはない。DNAがどうやって複製されるのかといった事柄については、人間をはじめとする多細胞《たさいぼう》生物の仕組みと共通している。つまり、大腸菌を研究することを通して、普遍的な生命活動を解明することができる。本村は大腸菌を観察する日々に楽しさとやりがいを感じ、このまま大学院に進学して、もっと研究を深めたいと思うようになった。

一方で、研究対象が大腸菌でいいのかな、という迷いもあった。

本村は幼いころから植物が好きだった。犬や猫やうさぎはかわいいけれど、動きまわる。ボーッとしていることの多い子どもだった本村にとって、かれらの動きは速すぎた。抱っこしてもすぐに身をよじってどこかへ行こうとするし、追いかけようにも運動音痴な本村では捕まえられないほどすばしこい。

その点、植物は安心だ。草も花も木も逃げない。思うぞんぶん、眺めたり嗅《か》いだり触れたりできる。ボーッとしている本村のそばで、静かにじっと生えていてくれる。

本村は自室の窓辺で、小学生のころから鉢植えをいくつも育てていた。残念ながら植物を栽培するセンスはあまりなく、水をやりすぎたり植え替え時期を見誤ったりでしょっちゅう枯らしていたが、本村なりに必死に、愛情をこめて世話を焼いた。

花をつけ、葉を繁らせる植物を見ると、「このぐらいのスピードが、私にはちょうどいい」とつくづく感じられた。日記をつけるかわりに、並んだ鉢植えに話しかけてから就寝するのが日課だった。

そういうわけで、植物には愛着を抱けるが、大腸菌にはあまり思い入れがない。もちろん、寒天培地でもこもこと増えていく大腸菌を見ると、「ああ、生きてるんだなあ。がんばれ」と思う。けれど、増えすぎた大腸菌に手を焼き、廃棄処理するしかないときもある。

ぎゃー、なにをするんだ、やめてくれー。殺される無数の大腸菌の悲鳴。しかし本村は、「でもまあ、大腸菌だしな」と心のどこかで思っている。そんな自分が怖くなった。

もっと愛を感じるものを研究対象にしなければ、倫理もへったくれもないマッドサイエンティストになってしまうのではないか。かといって、マウスやラットといった実験動物を解剖したりするのは無理だ。すばしこいというだけでなく、毛が生えていてあたたかく、愛らしすぎる。

やはり、植物がいい。愛おしいと思えるうえに、毛は生えていない。いや、厳密に言えば、葉っぱに細かい毛が生えた植物もあるが、うさぎやぬいぐるみみたいな、もふもふした毛とは全然ちがう。植物なら大丈夫だ。

いま思えば、考えすぎだった。マッドサイエンティストなんてそうそういない。研究者はみな、節度と冷静さと敬意をもって、実験や観察に使う生物を扱う。対象が大腸菌であれマウスやラットであれ植物であれ、同じことだ。生命の不思議を解き明かすため、生命を奪う行いをしていることに、無自覚なものなどいない。その重みを受け止めているからこそ、真剣に研究に向きあう。

大学四年に進級した本村は、大腸菌ではなく、長年好きだった植物を通して、生命について研究したいという思いを抑えがたくなった。それもこれも、大腸菌のおかげで研究の楽しさと奥深さを知ることができたためだ。ありがとう、大腸菌！

本村は当時、両親とともに千葉県柏市の自宅に住んでいた。通学に片道二時間はかかって大変だったが、順調に最終学年まで漕ぎつけたのだ。ところが本村が、「大学院に行きたい」と言いだしたので、両親は困惑した。院まで行くとかえって就職が難しくなるという話を、両親も小耳に挟んでいたからだ。特に母親は、「そこまで本格的に勉強しなくても……」と言った。

「だって、院に行くって、研究者になるってことなんでしょ？　そうすると結婚とか、あなたどうするの？」

けっこん。咄嗟《とっさ》に漢字変換できないほど、本村は結婚に興味がなかった。だが、母親がなにを心配しているのかはわかった。

　大学院に行ったからといって、絶対に研究者として身を立てられるとは決まっていない。そのまま大学に残り、教授のポストにつくひととなると、ほんのひと握りだ。なんの保証もない不安定な道を選ぶぐらいなら、学部を卒業して就職し、しかるべきタイミングで結婚して家庭を持つ、いわゆる「順当な」路線を行ったほうがいいのではないか。母親は親心から、そう言いたいのだろう。

　結婚はどうでもいいが、本村にも迷いやあせりはあった。通っていた私大は学部間の垣根が低く、文系理系を問わず学生同士の交流が盛んだった。本村の友人たちは、文系はほぼ百パーセント、就職活動に勤《いそ》しんでいた。理系である同じゼミの友だちも、そのまま院へ進学するものより、就職するもののほうが多い。

　いつまでも親がかりでいるわけにもいかない。やっぱり就職活動をしたほうがいいのかな。院へ行くにしろ就活するにしろ、なんの準備もしていなくて、すでに遅きに失してる気もするけど。

　新入生を迎えて活気づくキャンパスを、本村は物憂く歩いた。人工的に区画された敷地のなかで、ひときわ目立つ大きなケヤキの木が、枝先で葉を芽吹《めぶ》かせる用意をしている。あともう少し経てば、薄緑のやわらかい新芽がいっせいに姿を現すだろう。

空にひび割れを作るみたいに、細い枝を複雑に張りめぐらせたケヤキ。それを見た瞬間、本村の心の底から衝動が噴きあがった。

どうしてケヤキはこういう形で枝をのばすの。どうして植物によって葉の形やつきかたがちがうの。知りたい、知りたい、知りたい。いったいどういう仕組みで、植物は、私たちは、自らの形を決定づけ、生命活動をしているの。

結婚にも生殖にも興味がない私は、もしかして生命体として不完全なの？

本村は決めた。大学院へ行こう。植物の研究をしよう。知りたくてたまらないから。私にとって、いまもっとも大切だと感じられることは、就職や結婚や安定した将来ではない。実験のために手と頭を動かし、顕微鏡を覗いて、生き物と向きあうことだ。この世界を、生命を支配する、いまだ十全に解き明かされていない不可思議な法則に、少しでも迫るために。

ただ、通っていた私大には、植物学を専門にしている先生がいなかった。

端《はた》から見るとボーッとしているとしか思えぬ本村だが、一度心を決めてしまえば、案外素早い行動に出るときもある。本村は猛然と両親に頼みこみ、大学院へ行く許しをもらった。並行して、植物学を専攻できる院を猛然と調べ、T大の松田研究室に白羽の矢を立てた。葉がどういう仕組みで形成されるのか、細胞や遺伝子のレベルで研究しているからだ。教授の松田賢三郎をはじめ、研究室のメンバーが発表した論文をあれこれ読んだ本村は、「ここだ」と直感した。

猛然はとどまることなくつづいた。T大大学院の入試に向けて勉強を開始するとともに、研究室のホームページに記載されていた松田のメールアドレスに連絡を入れた。研究室を訪問したい、というお願いのメールだ。大学院を受験するものは、たいてい事前に目当ての研究室を訪れ、教授と面談することになっている。いざ院に入ったはいいが、研究室の雰囲気になじめなかったり、思っていたような研究ができなかったりしたら大事《おおごと》だからだ。

松田からはすぐに、「いつでもいいですよ」と返信が来た。訪問する日時の約束が取り交わされ、ゴールデンウィーク明けには早くも、本村はT大理学部B号館のまえに立っていた。

はじめて見る理学部B号館は、本村の目に巨大な古木のように映った。地面に根っこを張りめぐらせているみたいに堂々として、しかもぬくもりがある。

緊張しつつ建物内部の階段を上り、松田研究室を探しあてた。木製のドアをノックすると、「どうぞ」と男性の声がした。ところが、ノブをまわしてもドアが開かない。ドアを押したり引いたり奮闘していると、室内にいるひとの気配が近づいてきて、内側から開けてくれた。

「ちょっと持ちあげるようにするのがコツです」

と、開いたドアの向こうに立つ男が言った。最前、「どうぞ」と言ったのと同じ声だった。このひとが、松田先生か。インターネットで写真は見ていたけれど、実物はそれよりも若い感じがする。松田は黒いスーツに白いシャツを身につけていた。なんだか死神みたいなムードだ、と本村は思ったが、銀縁《ぎんぶち》眼鏡の奥にある目は穏やかだったので、ちょっと緊張がほどけた。

本村が名乗ると、「松田です」と松田は言い、研究室に招き入れた。緑にあふれ、少し埃《ほこり》くさく雑然とした空間を、本村は居心地がいいと感じた。

研究室の面々は出払っているようで、松田は自分で二人ぶんのコーヒーをいれた。本村と松田は、部屋の中央に置かれた大机の角を挟むようにして座り、コーヒーを飲みながら話をした。まずは松田が、いま研究室で行っている実験の内容や、今後どういう課題に取り組んでいく予定でいるかを説明した。次に本村が、大学でどんな研究をしてきたか、大学院でどんな研究をしてみたいかを語った。松田は二、三の質問を挟みながらも、おおかたは静かに耳を傾けていた。

二人とも口数が多いほうではないので、必要な情報のやりとりを終えると、室内に沈黙が落ちた。気詰まりではなかったが、あまり松田の邪魔をしては悪いと思い、本村はコーヒーを飲み干して席を立った。

「ごちそうさまでした。お時間を割いていただき、どうもありがとうございます」

「たぶん、本村さんが興味を持っていることと、うちの研究室は相性がいいと思います」

松田も立ちあがり、手伝おうとした本村を制して、からのコーヒーカップを研究室にある流しに下げた。「院試、がんばってください」

そこへ、二十代後半ぐらいの男性が入ってきた。のちに助教となる川井《かわい》だった。川井は当時、ポスドクとして松田研究室にいた。

「ああ、川井くん」

と松田は声をかけた。「院への進学を希望している本村さんです。実験室を案内してあげてくれませんか」

実験室だけでなく栽培室も、川井は快く本村に見せてくれた。建物も設備も古くはあったが、試薬や機材は豊富なようで、だいたいの実験に対応できそうだ。植物を研究するのに最適の環境と言えた。なによりも、研究室の雰囲気がよく、松田や川井が穏健な人柄であるのがうかがえて、本村はますます「T大の院へ行こう」と胸に誓った。

とはいえ、せっかく下見に来たのだから、念には念を、だ。

「松田先生は、どういう先生でしょうか」

と、本村は思いきって川井に尋ねた。チャンバーから栽培室の床にあふれでた水を、川井とともに雑巾《ぞうきん》で拭いているときだった。

「研究熱心だし、学生や院生への指導もすごく細やかな先生です」

と川井は答え、少し笑った。「ただ、整理整頓能力は著しく低い。この水漏れも、松田さんがバケツの水をちゃんと捨てなかったのが原因ですね」

本村の予想以上に、松田は整理整頓能力が欠如していた。研究室の衝立《ついたて》の向こうで、常に本と書類に埋もれて過ごしている。もしくは、本と書類を掘り起こし、なにか探しものをしている。その事実を本村が知ったのは、翌年の春だった。本村は勉強を重ね、T大大学院に合格したのだ。

同時に、はじめての一人暮らしも開始した。院に行ったら、実験や論文や研究発表に追われる日々がつづく。両親の家から通学する時間的余裕は、到底なさそうだと判断したためだ。

院に通うにあたり、本村は奨学金をもらっているが、それはいずれ返さなければならない。実質的には本村の借金だ。「特別研究員」という、給与が支給され、研究費の助成を受けるチャンスのある制度も存在する。ただ、博士課程まで進まないと申し込み資格を得られないし、どんなに緻密な研究計画書を提出しても、倍率が高くてなかなか通らない。アルバイトをする暇もないし、結局、学費や家賃や生活費の大半を親に頼ることになった。

奨学金はもちろんだが、両親が払ってくれたぶんも、いずれは返したいと思っている。だが、院を出て、はたして定職に就けるのか見通しは利かず、本村は途方に暮れる思いがした。浮き世の沙汰《さた》は金次第。本村の両親は定年までまだ間があるので、なんとか家計をやりくりしてくれたが、そうはいかない家庭だって多いだろう。学問を修めたいと願いながらも、さまざまな事情から大学や大学院への進学を断念したひとたちがいる。

本村は松田研究室で実験に打ちこんだ。少しでも食費を浮かすため、慣れない自炊にも積極的に取り組んだ。本村の母親は、しばらくは心配してしょっちゅう電話をかけてきたが、本村が博士課程に進んだあたりで完全に諦めがついたようだ。「結婚」や「将来」といった単語を発さなくなった。

ごめんね、お母さん。私は植物と結婚したんです……！ 受粉でどうにかなるなら、孫の顔を見せてあげられるんだけど。ううん、結婚相手のわりに、植物とうまく意思の疎通ができていませんが。いまだに鉢植えを枯らしちゃうし、シロイヌナズナの細胞は期待したようには光ってくれないし。あーあ。私、研究者としての才能がないのかも。

大学時代の友人たちは、現在、就職して三年目だ。たまに会うと、少し仕事に慣れてきたとか、なかなか仕事を任されなくてつまらないとかいった話になる。みんな輝いて見える。私はシロイヌナズナを受粉させたり、細胞を数えたりしていていいんだろうかとあせる。

だが、本村はもう後戻りはできない。実際のところ、後悔もしていない。顕微鏡を覗けば、そこに本村が求める世界のすべてが広がっている。

本村の一日は、アパートの窓辺に並べた鉢植えの手入れからはじまる。

一番の古株は、高校生のときから十年ほど育てているパキラだ。最初は鉢が掌に載るサイズだったのに、ひょろひょろと幹をのばし、いまや本村の背丈よりも大きくなった。畳にパキラの大鉢を置いているのだが、緑の葉っぱがたくさん繁るうえに、本村の顔より大きな葉もあるので、テレビの画面が陰になって見えにくいほどだ。

ほかにも、両親の住む家から一緒に引っ越してきたサボテンや、研究室の加藤《かとう》からもらった多肉《たにく》植物、ハーブの小さな寄せ植えなどが、窓の桟《さん》に整列している。本村はとにかく植物を枯らしがちなので、初心者向けのものを選ぶよう心がけていた。

いま一番、手がかかるのはポインセチアだ。パキラの鉢の隣に置いてあるのだが、葉を色づかせるために、九月下旬から一カ月強、「短日《たんじつ》処理」をしなければならない。夕方から朝まで、完全に光をシャットアウトするのだ。本村は隙間を目張りした段ボール箱を使っているが、夕方にアパートへ帰ってこられる日が少ないこともあり、しばしばポインセチアに箱をかぶせ忘れる。

その朝も期待して箱を取り除いたのだが、不十分な短日処理が響いたらしく、そろそろ十一月になるというのに、ポインセチアの葉は緑のままだった。おかしい。去年買ったときは、かわいいピンク色の葉だったのに。

がっかりしつつも、乾燥気味の鉢に水をやったり、傷《いた》んだ葉を摘んだりと、ひとしきり植物との交流を楽しむ。もちろん、話しかけもする。「寒くなってきたね」とか「肥料はたりてる?」とか。こんな姿、だれにも見られたくないなと思う。

本村が住むアパートは田原町駅の近くにあり、モルタル二階建ての古い物件なので家賃が安い。T大へも、電車で二十分もかからない。乗り換えを考えると、自転車で行ってもいいかな、という距離だ。

本村の両親は、もっと防犯のしっかりした建物を探すべきだと主張したが、二階だから大丈夫だろうと思ったし、親切な大家の老夫婦がすぐ裏手の一軒家に住んでいて心強いし、なによりも日当たりがよかったので、本村はこのアパートに決めたのだった。窓辺の植物は、なかなか居心地よさそうにしている。本村としても、ほとんど寝に帰るだけなので、部屋がおんぼろでも特に気にならない。

アパートにはほかに五室あって、住人同士のつきあいはほぼない。男子学生や、忙しそうな若いサラリーマン、上野のスナックで働いているという中年女性と、敷地内ですれちがえば挨拶する程度だ。

ちなみにアパートの名は、「第二鈴木荘《すずきそう》」という。「第一」も近所にあったのだが、ずいぶんまえに売ってしまい、跡地にはペンシルビルが建っているのだそうだ。

さて、植物との朝のひとときを満喫したら、ご飯を食べ、お弁当を作る。朝ご飯のおかずはたいてい、納豆と卵焼きとか、簡単なものだ。弁当も、前夜の炒め物の残りや、冷凍食品を適当に詰める。植物を育てることと同様、家事全般も本村は苦手だ。得意なのは、小さくてつぶつぶしたものを顕微鏡でひたすら眺めたり数えたりすることだけだ。

土曜日もたいがいT大へ行くので、掃除や洗濯は日曜日に集中して済ませる。日曜が雨だと、悲惨なことになる。洗濯物が溜まり、とうとう部屋干しに踏み切るのだが、生乾きのいやなにおいがして、結局もう一度洗濯機をまわすこともある。本村はいい香りのする柔軟剤の存在に気づいていない。ドラッグストアに行っても、脇目もふらず洗剤のみを買って帰るからだ。しかも液体ではなく、さらさらした砂状の洗剤を。

粒が好きなのである。湿った靴下を細い枝にかけられたパキラは、なんとなく悲しそうにうなだれる。

洗濯が追いつかなかったときのために、本村は半袖や長袖の安いTシャツをたくさん持っている。ことごとく妙な柄なのは、単純に本村のセンスの問題だ。

朝食を済ませ、弁当を布バッグに入れた本村はパジャマを脱いだ。左胸にミカンのアップリケがついた長袖Tシャツと、いつものジーンズを選ぶ。顔を洗ってジャンパーを羽織り、「さすがにもう寒いかな」と、ビーチサンダルではなくスニーカーを履いた。

上野広小路で乗り換える際に、「そういえば、お化粧するのを忘れた」と気づいたが、化粧道具を持ち歩く習慣がないし、研究室で顔を合わせるのは気心の知れた面々とシロイヌナズナだ。「まあいいか」と思った次の瞬間には、化粧を忘れたこと自体を忘れ、脳内で一日の段取りを組み立てはじめた。

午前十時まえにはT大に着き、さっそく作業開始だ。本村はすでに博士課程一年なので、研究内容もスケジュールも自分で決めて、自分で進めていかなければならない。メールの返信や書類の作成など、事務的なことをこなしつつ、栽培室のシロイヌナズナに水をやったり、種を採ったり、顕微鏡で撮った写真のデータを整理したり、論文を読んだりと、やることはたくさんある。帰宅は夜の十時過ぎになる日がほとんどだ。

さらに、週に一回は研究室のセミナーが開かれる。教授の松田賢三郎、助教の川井、ポスドクの岩間、修士課程二年の加藤、そして本村。松田研究室の全メンバーが大机のまわりに集まり、議論を交わす。

セミナーでは持ちまわりで、一人が興味深い論文の紹介を、もう一人がいま自分の研究がどこまで進展したかについての発表を行う。論文紹介と研究発表のどちらも、だいたい一カ月に一度は順番がまわってくるので気が抜けない。相当数の論文雑誌を読みこまなければいけないし、何カ月経っても研究に進展が見られないと、松田の眉間の皺《しわ》がどんどん深まり、「迎えにいったはずの死者が、思いがけずツヤツヤピンピンしているさまを目撃したときの死神」みたいな表情になるのだ。

しかもセミナーの際は、メンバーの質疑応答も含め、すべて英語を使うことになっているので、脳みそが非常に疲れる。松田研究室に在籍するメンバーは、現在のところ、日本語を母語とするものばかりだ。にもかかわらず、どうして英語で会話しなきゃならないのかと、加藤はしょっちゅう嘆いている。だが、自然科学分野の共通語は英語なので、どうしようもない。論文も英語で書くし、英語が話せなければ、海外の研究者と交流も情報交換もできない。英語に慣れるようにという、松田のはからいなのだった。

生物学者――植物の研究者も生物学者だ――は、生き物の多様性に注目する。一言で「植物」といっても、なぜこんなに多種多様な形状や特性を持っているのか。どうして大腸菌もいれば猫もいるのか。ジャガイモと人間は形状も性質もここまでちがうのか。

偶然が積み重なって、いまの地球上に存在する生態系ができあがった。もう一度、地球の歴史をやり直したとしても、すべての偶然を同じように起こすことはできない。当然、進化の道筋が異なってしまうので、やり直した地球上に存在する生命体の顔ぶれは、いまとはまったく異なるものになるだろう。

確率的に再現不可能と言っていい、絶妙のバランスのうえに成り立った生き物の多様性。そこに興味を持ち、謎を解き明かしたいと、松田研究室の面々は植物の観察や実験をしている。

しかし、当の院生の一部はというと、英語に苦戦中だ。多様性を愛し尊重する身でありながら、言語の壁という、多様性の象徴のようなものに翻弄される皮肉。一流の研究者として海外での発表も多い松田や、アメリカの大学に留学経験のある岩間はべつとして、本村と加藤は英語に四苦八苦し、セミナーでもしょっちゅう、「えー、なんだ、日本語で説明していいですか」と松田に許しを請うている。そのたびに松田は、「迎えにいったはずの死者が、思いがけず元気に酔っ払って腹踊りをしているさまを目撃した死神」みたいな表情になって、「どうぞ」と言うのだった。

加藤の一番好きな映画は、クエンティン・タランティーノの『キル・ビル』らしい。本村は見たことがないが、加藤によると、ルーシー・リュー演じる女ヤクザが出てくるのだそうだ。彼女はたどたどしい日本語をしゃべったのち、話題が肝心な部分に差しかかると、「私の真剣な気持ちをご理解いただくため、ここから英語で話します」と、突如として英語に切り替える。ヤクザ社会でそんな方針が通用するのだろうかと本村は思うが、「あれは画期的ですよ」と加藤は目を輝かせた。

「俺も今後は、『ここからは発表における重要な点になるため、正確を期するべく日本語で話します』で押し通したいです。それで、ジュリー・ドレフュスに英語で通訳してもらいます！」

「そういう宣言は、松田先生のまえでしなよ」

と岩間はあきれていた。本村は、加藤がなにを言っているのかよくわからなかったが、英語に手こずらされていることはわかったし、共感した。

インターネット上には、論文の概要を英語で読みあげてくれるサービスがある。メールを打ったりしながら、ラジオのように聞き流せて、研究に関する情報も得られるので、重宝している。英語に耳を慣らそうという目的もあり、本村はしょっちゅう聞いているのだが、やはり母語のように自由に操れるレベルまでは行かない。ただ、ゴキブリの雌が、一度の交尾で体内に溜めこめる精子の量を研究した論文が存在することを知った。その精子を使って、以降は交尾しなくてもぽこぽこと産卵できるのだそうだ。怖いもの見たさで読んでみたくなったが、植物の研究とは関連が薄そうなので思いとどまった。

そんなこんなで、本村の毎日は忙しい。研究室の面々は気分転換もかねて、夕飯を食べに円服亭へ行くこともあるようだが、本村は遠慮している。事情を察しているためか、岩間も「一緒に行こう」とは言ってこない。

救いは、藤丸がなんのわだかまりもなさそうに、ランチのデリバリーに来ることだ。

あいかわらず十日に一度ほど、松田研究室では昼食の宅配を頼んでいる。支払いはほとんど松田がしてくれるので、一回ぶんの食費が浮いて、本村としてはありがたい。なによりも、おいしいとは言いがたい自作弁当の味から解放されるのがうれしい。

本村とて木石《ぼくせき》ではないので、藤丸がいかに真剣に思いを打ち明けたかはわかっていた。だからこそ、答えを出すまでに三日かかった。これまで、藤丸以外の男性から告白されたこともあったが、そういうケースではまさに「瞬殺」で交際を断ってきたのだ。

藤丸の告白に対してだけ、本村はやや迷った。たぶん、藤丸が植物学に興味を示し、純粋な驚きや喜びを露《あら》わにしたからだ。本村は、本村が大切だと感じている世界を、そして本村自身を、尊重してもらえた気がしてうれしかった。藤丸が円服亭でてきぱき働き、熱心に料理に取り組んでいるのも、好ましかった。お互いが情熱を傾ける世界はちがっても、同じ言葉でいつまでも語りあえそうな気がした。このひととなら、楽しい時間を過ごせそうだなと感じた。

だが、そこで思考が止まった。

楽しい時間って、なんだろう。一緒にご飯を食べたり、遊園地へ行ったりすることだろうか。でも私は、ご飯はちゃっちゃと一人で食べて、あいた時間でシロイヌナズナの種を一粒でも多く採りたいし、遊園地の乗り物に振りまわされたり落下させられたりする暇があったら、シロイヌナズナの細胞を顕微鏡で静かに眺めていたい。そのほうが楽しい。

一台の顕微鏡を二人で同時に覗くことはできない。交際のどこにわくわくするポイントを見いだせばいいのか、本村にはいまいちピンとこないのだった。研究以上に夢中になれるとは、とても思えない。

藤丸はちがう。ちゃんと仕事に打ちこみつつ、だれかに恋心を抱くこともできる。そのうち家庭を持つことだってあるだろう。その流れに、疑問や違和感を抱くようなひとではない。

本村は、そんな藤丸の「健全さ」をまぶしく感じた。なにかを選択せねばならない局面に立ったとき、私は迷わず研究を選ぶんだろうなとも感じたから、「つきあうことはできない」と藤丸に返事をした。

その奥に、「藤丸さんも私も、どうせうまくいかないとわかっている交際で、時間を無駄にする必要はないだろう」という思いがあったのは否定できない。その思いが、ある種の傲慢さをはらんでいることにも、本村は気づいていた。藤丸はきっと、「つきあってみなきゃ、うまくいくかいかないかなんてわからないでしょう」と言うだろう。

うまくいくかいかないかわからないものは、実験だけで充分だ。それ以外のことに心身を揺さぶられたくない。本村はただただ、研究をしたいのだった。そこに自分のすべてを集中させたいのだった。

狂おしいほどの情熱に取り憑《つ》かれている。本村がどれだけ長生きしても、植物の謎がすべて明らかになることは決してないとわかっているのに、ほのかに光る細胞を見つめつづけてしまう。この思いをいくら説明しても、藤丸を完全には納得させられないだろうから、本村はひたすら交際を謝絶するほかなかった。

デリバリーに来る藤丸は、なにごともなかったかのように本村に挨拶する。加藤に温室を見せてもらったようで、「すごいっすねえ。ジャングルみたいでした」と、本村を含めた研究室の面々と笑顔でおしゃべりしていくこともある。明るくて、優しいひとだ。

でも、シロイヌナズナの細胞ほどには、本村の心をとらえはしないのだ。

十一月に入って最初のセミナーが、松田研究室で行われた。研究室のメンバー全員で大机を囲み、発表者が配ったレジュメを眺める。図表や写真が載ったレジュメも、もちろんすべて英語で書かれている。

今回のセミナーでは、本村が論文紹介を、加藤が自身の研究発表を担当する。天気のいい昼下がりで、研究室には晩秋のやわらかな光が差しこんでいる。しかも昼食は円服亭のデリバリーを頼み、各人がおいしいオムライスやらハンバーグセットやらで腹を満たしたところだった。睡魔と戦いつつ、脳をフル回転させて英語で発表したり質疑応答したりするのは、いつも以上に骨が折れた。

だが、本村も加藤も、ほとんど徹夜で準備してセミナーに臨んだのだ。その労力を無にするわけにはいかないと、必死でしゃべった。

本村が紹介した論文は、「シロイヌナズナの根は、光を照射して育てると、地中などの暗い場所で育てた根よりも短くなる」というものだ。植物の根っこはもともと、光から逃れる形でのびる性質がある。光を目指してのびたら、地表から突きでてしまい、根っこの役割を果たせなくなるからだろう。わざわざ実験せずとも直感的に、

「まあ、そうだろうな。根は光を避けて成長するんだろうな」と納得がいく。

だが、どういう仕組みが働いて、根が光を避け、地中にとどまっていられるのかについては、まだよくわかっていない。葉っぱや茎《くき》は、光を求め、光の差すほうへ向けてより成長するのに、根だけが光に背を向けるのは、どうしてなのか。その疑問に迫ったのが、本村が紹介した論文だった。

論文によると、光を当てて育てた根には、フラボノールという物質が多く蓄積されていた。このフラボノールが、オーキシン（植物の成長をうながすホルモン）の輸送を阻害するので、根っこの分裂細胞のサイズが小さくなる。そのため、根がなかなか成長しないという結果になる、とのことだった。

研究室の面々のあいだで、活発な議論が行われた。「もとの論文に載っている図では、著者の言わんとするところを厳密に証明しきれていないのではないか」とか、「フラボノールとオーキシンの関係が、葉の細胞ではどうなっているのか調べるには、どんな実験が最適か」とか、めいめいが疑問や知恵を出しあう。

みんなの興味を引く論文を紹介できたことに、本村はホッとした。おもしろく重要な論文だと感じたのに、いざ紹介してみたら、「うーん……？」と反応がいまいちだったときほど、さびしいことはない。「あれ？　私の感性がおかしいのかな。そもそも、私に研究者としての才能がないから、トンチンカンな論文を『これだ！』と思っちゃうのかも」などと、もとから少ない自信をますます喪失し、思考が負のスパイラルに陥《おちい》ってしまう。

今回の論文紹介は成功裡《せいこうり》に終わり、本村は晴れ晴れとした気持ちで席についた。つづいて加藤が立ちあがり、「サボテンのトゲを、より透明にする方法を発見した件」について発表した。

葉っぱは薄いので、薬剤に浸《つ》けて完全に透明化し、顕微鏡で細胞を見やすくする技法が確立している。しかし、サボテンのトゲは円錐形《えんすいけい》で立体感があるうえに、葉っぱのように厚みが一定ではない。トゲの太い部分の中心まで、きれいに透明化することが困難だった。さらに、シロイヌナズナの研究者はたくさんいるが、サボテンの研究者は世界的に見ても数が少なく、トゲの透明化について腐心しているひととなると、論文やインターネット上でいくら探しても見当たらなかった。

だが、加藤は諦めなかった。

「孤独が俺をプレスするときもあったことです」

と、加藤はやや文法のおかしな英語で述べた。「しかし、俺は究極的には発見しました。工夫につぐ工夫によるところです。お手もとの資料を見てください」

研究室の面々は、加藤のレジュメを見た。そこには、見事に透明化されたサボテンのトゲのうつくしい顕微鏡写真と、完璧な透明化に要する薬剤の配合が記されていた。

「おお――……？」

みんなの反応はにぶかった。サボテンのトゲを透明にする必要にかられているものは、加藤以外にだれもいなかったからだ。本村は透明になったトゲの顕微鏡写真を見て、「新鮮なスルメイカみたい」と感心した。だが、加藤の苦闘と試行錯誤に対して、そんな感想ではあんまりかと思い、口をつぐんでいた。

サボテンのトゲを完璧に透明化したのは、たぶん世界ではじめての偉業だろうが、その偉業にどの程度汎用性《はんようせい》があるのか、現段階ではなんとも言えず、研究室に困惑の気配が漂った。

教え子のやる気を削《そ》いではいけないと思ったのか、松田が気を取り直したように言った。

「実験室にある一般的な薬剤で、よくここまで透明にできましたね。特許でも取りますか」

化学や農学、薬学など、商品化と密接に関連する分野では、特許を申請することが盛んだが、基礎研究においてはあまり重視されない。成果が商品化に直結することがそもそも稀《まれ》だし、成果を広く公開して、さらなる研究に役立ててもらえばいい、という考えかただからだ。

松田も冗談めかして「特許」云々《うんぬん》と言ったのだが、

「いいのです、いいのです」

と加藤は真面目に謙遜した。「サボテン研究の未来のために、トゲの透明化をみなさんに活性していただければ幸せです」

「『活用』ね」

と、岩間が英語のまちがいを指摘する。

「そうでした。積極的に活用していただければ幸せです」

「特許はともかく、なるべく早く論文にして、雑誌に投稿したら？」

と川井が提案し、

「英語、とても苦手。だけどがんばります」

と加藤が照れつつ答える。

ちょうど時間が来て、今回のセミナーはこれにてめでたく終了となった。川井が研究室に併設された流しのまえに行き、コーヒーをいれてくれた。全員でコーヒーを味わいつつ、休憩しがてら雑談に興じる。

松田研究室のドアが勢いよく開いたのは、そのときだった。松田の同僚である諸岡《もろおか》悟平《ごへい》が、戸口に立っていた。定年まであと数年の教授で、イモの研究をずっとつづけてきた。イモをたくさん育て、食してきたわりには痩《や》せ型で、ぱさぱさした頭髪は見事に白くなっている。

松田研究室の面々は、驚いて諸岡を見た。ふだんは物静かな諸岡が仁王立ちしている。本村の目には、一瞬白髪が湯気に見えたほど、迫力ある風情だった。その足もとには、円服亭の藤丸が転がっていた。あいた食器を取りにきて、研究室のドアのまえでしゃがんでいたところを、勢い余った諸岡に蹴飛ばされたらしい。

「ほわっつあっぷ⁉（なにごと⁉）」

セミナー中の決まりごとを引きずり、加藤が一同の心中を英語で表現した。

「英語はやめい！」

諸岡が吼《ほ》えた。直後、這いつくばっている藤丸に気づき、「すまん、すまん」と抱え起こす。

「とにかく先生、なかに入っていただいて……」

松田は先輩である諸岡のために、あいている椅子を用意した。諸岡は腰を押さえる藤丸を支えて、松田研究室に入ってきた。椅子には藤丸を座らせ、自身は立ったまま、室内の面々を睥睨《へいげい》する。

「大丈夫ですか？」

と、本村は小声で藤丸に尋ねた。

「はい、あのひとが軽量級だったおかげで、なんとか」

藤丸は腰をさするのをやめ、こわごわと諸岡のほうを見た。「すごい怒ってるみたいですけど、先生すか？」

「お隣の研究室の、諸岡教授です。主にイモを研究してらっしゃいます」

「理学部の先生ってことは、『どうやったらイモがたくさん収穫できるか』とかを研究してるわけではないんすよね？」

これまで見聞きしたことを通し、藤丸は農学部と理学部のちがいをちゃんと把握しているらしい。頼もしさを感じ、本村はうなずいた。

「諸岡先生のご専門は、茎の研究です。ジャガイモは茎が、サツマイモは根っこが、イモになります。先生はさまざまなイモを調べることを通し、茎の変形がなぜ起こるのかを突き止めようとなさっています」

「へえぇ」

などと囁きあう本村と藤丸をよそに、諸岡はなおもおかんむりな様子だった。

「松田さん。あなたの研究室は勝手気ままが過ぎますよ」

「すみません」

松田はおとなしく頭を下げ、

「先生、謝るのが早すぎます」

と岩間に小声で叱られた。「うちは真面目にやってるじゃないですか。どこがどう『勝手気まま』なのか、諸岡先生にちゃんと聞いてください」

「なにか失礼がありましたか」

岩間にせっつかれるまま、松田は諸岡に尋ねた。諸岡の顔が怒りで赤くなった。上品な白髪までもが、炎に照らされたかのように赤く染まって見えた。

「温室です！」

諸岡が叫ぶ。川井は事態を察し、「あちゃー」という表情になったが、ほかのものはいまいちピンと来ず、「温室がどうしたんだろう」と顔を見合わせた。本村は特に、栽培室で育てるシロイヌナズナを研究対象にしているので、温室にはほとんど足を踏み入れない。同じくシロイヌナズナを扱っている岩間と、「なんなんでしょうか」「さあ」と視線で会話した。

「あの温室は、松田研究室とうちの研究室とで、仲良く等分して使うことになっています」

と、諸岡はつづけた。「ところが現在の状況ときたら、温室じゅうがサボテンだらけではないですか！」

ここに至って、加藤を除く全員が、諸岡の怒りの理由を把握した。部外者である藤丸ですら、「サボテンのための温室なのかと思ってました」と本村に所感を述べた。

「すみません」

岩間をはじめ、松田研究室の面々は改めて諸岡に謝った。つられて藤丸も、なぜか謝っている。ところが、サボテンを増殖させた犯人である加藤だけが呑気《のんき》に語る。

「いやあ、あの温室、サボテンや多肉植物の生育に最適みたいで。どんどん大きくなるから、株分けが追いつかないぐらいなんですよ。諸岡先生も、もし欲しいのがあったらおっしゃってください。ちっちゃい鉢なら、部屋でも育てやすいですし」

サボテン命《いのち》の加藤は純粋に厚意で言っているのだが、本村ですら「空気を読んで、加藤くん！」と思う発言だった。案の定、諸岡の白髪が逆立ち、それこそサボテンのトゲのようになった。

「私はずっと我慢してきました」

と、諸岡は前歯の隙間から言葉を絞りだした。「温室のサボテンが巨大化し、『ここはメキシコか』と見まごう風景になっても、多肉植物の鉢がどんどん増え、『ナウシカの実験室の棚みたいだな』と思うようになっても、黙っていました」

「この先生、ナウシカ知ってるのかあ。ひとは見かけによらないすね」

藤丸が感心したように小声で言った。本村は、諸岡が巨神兵のごとく荒ぶっては一大事だと気が揉めて、「しぃっ」と藤丸を制した。

「最近では、なぜかシダ植物まで繁茂《はんも》しはじめ、温室の天井からも滝のように葉が垂れているありさまですが、院生が熱心に研究し、植物と向きあうのはいいことだと思い、これまでは静かに見守ってきたのです」

温室の現状と自身の心情を切々と訴える諸岡に、

「あ、シダは俺が趣味で育ててるんです」

と加藤は申告した。どことなく誇らしげですらある。

「サボテンとはまたちがった味わいと奥深さがあって、やみつきになっちゃって」

「原産地や生育条件の異なる植物を、ひとつの温室であれだけ見事に育てるとは。立派ですよ、加藤くん」

諸岡は嚙みしめるように言った直後、再び吼えた。「だがもう限界だ！　私の堪忍袋の緒はちぎれました！」

とうとう口からビームを吐いた巨神兵、といった諸岡の様相に、松田研究室の面々および藤丸はすくみあがった。加藤だけはあいかわらず、「あれれ？　温室であんなに順調に植物が育ってるのに、なんで先生は怒ってるんだ？」と言いたげに、呑気に首をかしげている。松田も余裕のある態度で、「困りましたねえ」と苦笑いを浮かべた。

「温厚な先生がそこまでお怒りになるとは、温室でいったいなにが起きたのですか」

松田に尋ねられた諸岡は、今度は悲しそうに肩を落とし、

「私のタロが、タロが……」

と身を震わせはじめた。

「タロって、先生のペットかなんかすか?」

藤丸がこっそり聞いてきたので、

「タロイモのことだと思います」

と本村も声をひそめて答えた。「サトイモの一種で、熱帯地域でよく食されているイモです」

本村と藤丸のやりとりは耳に入らなかったらしく、諸岡は、

「枯れてしまったんですよ……!」

と哀切極まる調子でつづけた。「増えつづけるサボテンや多肉植物によって、どんどん温室の隅に追いやられ、生い茂るシダに頭上を覆われて。これは明らかに日照不足のせいです!」

「そうかなあ、タロイモはわりと丈夫なはずなのに」「先生が水やりを忘れた可能性もあるわよね」などと、疑念のざわめきがさざなみのように起きたが、諸岡があまり

にもしょんぼりしているので一瞬で凪《な》いだ。

「すみません」

松田研究室の一同は、今度こそ加藤も含めて、諸岡に謝った。つられて、また藤丸も謝っている。

「加藤くん。温室を整理して、諸岡研究室のスペースをちゃんとあけるように」

松田に指示され、

「はい」

と加藤はうなずいた。「藤丸くん、サボテンあげようか」

「まじっすか!」

藤丸がうれしそうに顔を上げる。「部屋に緑があるといいなと思ってたんすよ。ありがとうございます」

温室の陣取り合戦に光明が差したので、諸岡は満足そうだ。でも、と本村は思う。加藤くんの「緑の指」は相当強力だから、いくら温室を整理しても、サボテンと多肉植物とシダの王国がすぐに復活しそう。だがもちろん、本村は余計なことは言わずにおいた。

「とはいえ、私のタロは戻ってきません」

やんぬるかな、と言いたそうに諸岡は首を振る。「松田研究室のみなさんに、ぜひ責任を取っていただきたい」

なにを言いだすんだ、この先生は。枯れちゃったタロイモを、よみがえらせられるわけないですよね。一同は困惑し、顔を見合わせた。助教の川井が代表し、諸岡に対してそろそろと挙手する。

「はい、川井くん」

「責任を取るとは、いったいどうやって？」

我が意を得たりとばかりに、諸岡は笑顔になった。

「サツマイモの収穫に手を貸してください」

「ええーっ⁉」

植物学が専門といっても、松田研究室の面々がふだん相手にしているのは、シロイヌナズナなどがほとんどだ。収穫や農作業とは縁遠い。

「イモ掘りなんて、保育園のとき以来したことないですよ」

「人員なら、先生の研究室にだって院生がいるじゃないですか。むしろ、うちよりも大所帯なのに」

抵抗の声が上がった。通常の研究だけで手一杯なのに、イモ掘りなんてめんどくさい、というのが本音である。ただ、本村は研究室のメンバーには同調せず、「私は参加しよう」と内心で思っていた。いつも室内にばかり籠《こ》もっているのもよくないし、サツマイモを掘るのは楽しそうだ。たまにはちゃんと土に触れ、シロイヌナズナ以外の植物と接したら、なにか発見があるかもしれないし。

「まったく情けない。きみたちはモヤシか！」

不平不満を垂れる面々を、諸岡は一喝した。「いや、そんなふうに言ったらモヤシに失礼だ。とにかく明日、朝七時にY田講堂まえに集合すること！　いいですね」

「えー」

「なんでそんな早朝から」

「強引すぎる……」

みんなはぶちぶち言ったが、

「ああ、私のタロや……」

と諸岡に嘆かれると、わざとらしいとわかっていても、

「はい、行きます」

と引き受けざるを得なかった。

「よかった、よかった。松田さんを入れて、えーと、六人ですね。明日、待ってますよ」

諸岡は意気揚々と研究室を出ていった。

「俺が植物を育てるのが妙に得意なせいで、すみません」

加藤が頭を下げる。もちろん謝っているのであって、自慢とも取れる言いまわしに悪気はない。サボテンに夢中すぎる反動なのか、加藤は人間を相手にする際には、言葉の使いかたがあまりうまくないだけだ。

院に入ってきた当初、加藤は極度の人見知りで、いつも研究室の隅っこでうつむいていた。積極的に口を開くのは、サボテンについて語るときだけだった。二年弱のあいだに少しずつ打ち解け、本人も必死に努力した甲斐《かい》あって、サボテン以外の話題にも笑顔で参加できるようになったのだ。並行して、それまで松田研究室ではあまり使うことのなかった温室も、緑の楽園へと変身した。

本村は、研究室の唯一の後輩である加藤のがんばりと植物愛をよく知っているので、

「謝らなくていいよ」

と首を振った。「私、実は最初からやる気だった。イモ掘りするの、楽しそうだから」

「そうだな」

川井もうなずく。「自信ないけど、まあやってみよう」

「軍手と移植ゴテを持っていけばいいのかな」

文句を言っていたわりには、岩間もイモ掘りに必要なものを算段している。

「私は早起きには慣れていますが、朝はどうも頭がまわらないんですよね……」

松田は眼鏡を押しあげ、両の目頭を揉んだ。「とにかく、加藤くんは温室の整理に取りかかってください。私も手伝います。みなさんも、手があいたときにはお願いします」

「あのー、すいません」

藤丸が恐縮した様子で会話に参加してきた。「俺、そろそろ食器を回収して円服亭に戻んないといけないんすけど、ちょっと気になることがあって」

「おや、なんでしょうか」

と、松田が藤丸に向き直る。

「おイモの先生、さっき『六人』って言ったんすよ。なんか俺も人数に入れられてるみたいで、どうしたらいいすかね」

松田研究室の一同は天を仰いだ。


翌朝七時、松田と研究室の面々はY田講堂まえに集合した。円服亭の藤丸もやってきた。

藤丸があの場に居合わせただけの人物であることを、諸岡に説明しにいく勇気はだれも持ちあわせていなかったためだ。人員が減ると知ったら、諸岡はまた怒ったり嘆いたりしてみせるだろう。

諸岡の抗議を受け、即座に整理に着手した温室の状況も芳《かんば》しくなかった。温室へ加藤を手伝いにいった松田は、二時間ほどで研究室に戻り、

「だめですね」

と力なく言った。「二、三日でどうにかできるようなものではありません」

結局、これ以上諸岡を刺激するのはまずいだろうということになり、本村はすぐに

円服亭に電話をした。

夕飯を食べにきた客で店内がにぎわっているらしいことは、受話器越しにも伝わってきた。本村は早口になって、「諸岡先生に事実を説明しにくいので、もし可能であればイモ掘りに参加してもらえませんか」とお願いした。藤丸は慌ただしさを微塵《みじん》も感じさせず、朗らかに相槌《あいづち》を打ち、

「ちょっと待っててください」

と言った。受話器から一分弱、保留音が流れた。北島三郎の『まつり』のメロディーが、電子音で表現されたものだった。せっかくの勇壮なサビ部分が、「ピッコピッコ、ピッコピッコ」になってしまっている。だいなしだ、と本村が思っていると、

「もしもし、本村さん」

と藤丸が電話口に戻ってきた。「大将がいいって言ってるんで、大丈夫すよ。明日の朝、俺もイモを掘りにいきます」

そういうわけで、ひとのよさをいかんなく発揮した藤丸も、早朝からY田講堂まえに馳せ参じたのである。ちなみに全員、灰色のつなぎを着用している。諸岡のところの院生が、前日の夕方、松田研究室に持ってきてくれたものだ。畑仕事をする機会の

多い諸岡研究室には、つなぎが何着も常備されているらしい。

本村はアパートが大学から近いので、いつもより少し早起きする程度は苦にならない。日課にしている植物との語らいの時間が減って、残念だなと思うぐらいだ。ポインセチアは今日も元気に緑だった。

しかし、片道一時間弱かけて通っている岩間は、まぶたがほとんど開いていない。

「始発の次の電車で来たんだよ。おかげで、この年ですっぴんだよ。信じらんない」

ぼやく岩間に、加藤があたたかい缶コーヒーをおごった。川井は「サツマイモの収穫方法」をインターネットで調べたらしく、プリントアウトした紙をポケットから取りだして読んでいる。

「『まずは蔓《つる》を刈ってから掘れ』と書いてあるけど、諸岡先生の研究室では蔓も大事な研究材料なんじゃないか？　どうすればいいんだろう」

松田は最前から一言も口をきかない。低血圧なのか頬が青ざめ、なんだか頭がぐらぐら揺れている。

「先生、立ったまま寝てるみたいですが、大丈夫なんでしょうか」

と、本村は隣の岩間に話しかけた。

「さあ、そのうち覚醒するんじゃない」

岩間は大あくびをしながら答える。

「そういえば先生って、どこに住んでるんですか?」

加藤の問いには、松田とのつきあいが一番長いはずの川井ですら首を振った。

「松田先生の私生活は謎に包まれてる」

「藤丸くん、聞いてみてよ」

岩間にけしかけられた藤丸は、灰色のつなぎを着て不穏に揺れる松田を怯えた様子で見やった。

「いやっすよ。映画にああいうムードのひと出てきますよね。『掃除人』と称して、死体を跡形もなく消し去るという……」

「わ、ほんとだ」

「それっぽい」

などとみんなで笑いあっているところへ、諸岡がB号館の方角から歩いてきた。やはり灰色のつなぎを着て、スーパーマーケットの買い物カゴのようなものを抱えている。

「やあやあ、みなさん。お待たせしました」

「おはようございます」

Y田講堂のエントランスを背に立った諸岡に、一同は挨拶した。松田はまだ目が覚めきらないのか、口もとをもごもごさせただけだった。

本村と藤丸が、諸岡が重ね持っていたカゴを受け取る。収穫したサツマイモを入れるためのものだろう。カゴは全部で七個あった。

「あの……」

と岩間が遠慮がちに尋ねた。「諸岡先生のところの院生は？」

「かれらには今日は、板橋の畑へ収穫に行ってもらっています」

「じゃあ僕たちも、これから板橋に移動するんですね？」

川井の問いに、「いえいえ」と諸岡は首を振る。

「きみたちに掘ってもらうのは、そこ」

諸岡が指したさきを見て、本村たちは驚きに叫んだ。

「えええっ⁉」

一九二五年に完成したY田講堂は、T大のシンボル的な建物だ。壁面は赤いレンガでできており、正面から見ると中央に四角い塔が威風堂々とそびえている。しかし、裏側には半円のドームがあり、建物全体を横から見ると、貴婦人の立ち姿のようなのだった。塔は、背筋をのばして優雅に佇《たたず》む貴婦人の上半身。ドーム部分が、ウエストから大きく膨らんだドレスのスカートだ。

Y田講堂のまえは、ちょっとした芝生の広場になっている。芝生のまわりを、よく手入れされたツツジの植え込みが取り囲んでいた。諸岡が指したのは、その植え込みの一角だった。

「たしかに……」

川井がかすれた声で言った。「たしかに、サツマイモの葉っぱっぽいものがあるな、とはずっと思っていました。でも、Y田講堂の真ん前ですよ⁉」

「大学側に許可取ったんですか？」

と、岩間も胡乱《うろん》な目で諸岡を見る。

「ここが一番、本郷キャンパスで日当たりがいいので」

諸岡は、微妙に返事になっていないことを飄然《ひょうぜん》と述べた。

一同は持参した軍手を装着し、移植ゴテと買い物カゴをそれぞれ持って、件《くだん》の植え込みへと向かった。Y田講堂のエントランスからは一番遠い、広場の角にあたる植え込みだ。芝生を縁取《ふちど》るようにゆるくカーブした植え込みスペースには、サツマイモが二列、整然と植えられていた。列の長さは、五メートル強といったところか。ハート型の薄い葉が地面をわさわさと覆いつくしているのを眺め、

「ちっとも気づかなかったなあ」

と加藤が言った。加藤の興味はもっぱらサボテンや多肉植物に向けられているので、サツマイモの葉が視界に入ったとしても、脳が存在を認識しなかったのは無理もない。でも、私はどうだろう、と本村は思った。Y田講堂まえのサツマイモ畑に、本村もまったく気づいていなかった。理学部B号館での研究に疲れると、本村は気分転換にキャンパス内を散歩する。Y田講堂のまえも、これまで何度となく横切った。天気のいい日には、芝生の広場で弁当を食べることすらあった。

にもかかわらず、よもや植え込みにツツジ以外の植物が植えられているとは思いもせず、サツマイモの葉を見過ごしてしまっていた。先入観にとらわれて、大事な事実や、「あれ、なんだかちょっと変だぞ」という部分に気づけなかった。こんなことでは、シロイヌナズナの細胞を顕微鏡でいくら眺めても、物事の真髄にはたどりつけな

いだろう。

本村はシロイヌナズナを研究対象にしているが、それはシロイヌナズナがモデル植物だからだ。できることなら、シロイヌナズナの観察、研究を通し、植物全般に敷衍《ふえん》できるような、葉っぱの仕組みや成長の謎を解明したいと思っている。「サボテンのトゲ」に特化して研究を行う加藤とは、そこが異なる。

加藤くんがサツマイモに気づけなかったのはしかたがないと言えるけれど、私はそれじゃ駄目だ。もっと植物に敏感にならないと。

反省した本村は、しゃがみこんで植え込みのサツマイモの葉を眺めた。地表に近い場所で、大小の葉が一生懸命に太陽へ顔を向けている。ひしめきあいながらも、互いの邪魔にならぬようにということなのか、葉柄《ようへい》の長さはさまざまだ。長い葉柄を持ち、周囲の葉から飛びだしたもの。葉柄は短いけれど、ほかの葉のあいだからうまく顔を覗かせているもの。

けなげだ、とつい擬人化して感情移入してしまう。頭がいいなあ、と感心もする。植物に脳はないから、頭もお尻もないわけだが、それでもうまく調和して、生存のための工夫をこらす。人間よりもよっぽど頭がいいなと思うことしきりだ。

だが、植物と人間のあいだの断絶も感じる。本村は人間だから、なんとなく人間の理屈や感情に引きつけて、植物を解釈しようとする癖が抜けない。けれど、脳も感情もない植物は、本村のそんな思惑とはまったく隔絶したところで、ただ淡々と葉を繁らせ、葉柄の長さを互いに調節し、地中深くへと根をのばす。より多く光と水と養分を取りこみ、次代に命をつなぐために。言葉も表情も身振りも使わずに、人間には推し量りきれない複雑な機構を稼働させて。

そう考えると、どれだけ望んでも本村には永遠に理解できない、気味悪く得体の知れぬ生き物のように、植物が思われてくるのだった。サツマイモの葉っぱのほうは、本村が「ちょっとこわいな」と思っていることなど、もちろんまるで感知していないだろう。これからイモを掘られるとは微塵も予想せず、この瞬間も元気に光合成《こうごうせい》を行っている様子だ。

本村とは少し距離を置き、藤丸もしゃがんでサツマイモの葉を眺めていた。「うお」と藤丸が小さく声を上げたので、本村は顔をそちらに向けた。

「葉っぱの筋がサツマイモの皮の色してる。すげえ」

藤丸は独り言のようにつぶやき、よりいっそう葉に顔を近づけて、何枚かを熱心に見比べている。

本村は手もとの葉を改めて眺めた。言われてみれば、たしかに。ハート型の葉に張りめぐらされた葉脈《ようみゃく》は、ほのかな臙脂色《えんじいろ》だった。「こういう色のイモが、土のなかで育ってますよ」と予告するみたいに。

血管のような葉脈を見ていたら、最前感じた気味の悪さは薄らいだ。たしかに植物は、ひととはまったくちがう仕組みを持っている。人間の「常識」が通じない世界を生きている。けれど、同じ地球上で進化してきた生き物だから、当然ながら共通する点も多々あるのだ。

自分の理解が及ばないもの、自分とは異なる部分があるものを、すぐに「気味が悪い」「なんだかこわい」と締めだし遠ざけようとしてしまうのは、私の悪いところだ。ううん、人類全般に通じる、悪いところかもしれない。本村はまたも反省した。人間に感情と思考があるからこそ生じる悪癖だと言えるが、「気味が悪い」「なんだかこわい」という気持ちを乗り越えて、相手を真に理解するために必要なのもまた、感情と思考だろう。どうして「私」と「あなた」はちがうのか、分析し受け入れるためには理性と知性が要求される。ちがいを認めあうためには、相手を思いやる感情が不可欠だ。

植物みたいに、脳も愛もない生き物になれれば、一番面倒がなくて気楽なんだけど。本村はため息をつく。思考も感情もないはずの植物が、人間よりも他者を受容し、飄々《ひょうひょう》と生きているように見えるのはなんとも皮肉だ。

それにしても、藤丸さんはすごい。と本村は思った。私がうだうだ考えているそばで、藤丸さんはサツマイモの葉っぱをあるがまま受け止め、イモの皮の色がそこに映しだされていることを発見した。なんてのびやかで、でも鋭い観察眼なんだろう。きっと藤丸さんは、だれかを、なにかを、「気味悪い」なんて思わないはずだ。一瞬そう感じることがあったとしても、「いやいや、待てよ」と熱心に観察し、いろいろ考えて、最終的には相手をそのまま受け止めるのだろう。おおらかで優しいひとだから。

感嘆をこめて藤丸を見ていると、視線に気づいた藤丸が顔を上げ、照れたように笑った。子どもっぽい感想を聞かれてしまった、と思ったらしい。本村は「そうじゃないんです」と説明したかったが、告白を断った手前、藤丸にあまり親しげな態度を取るのもよくないかと迷い、結局はなにも言わずにうつむいた。

サツマイモの植え込みをまえに、諸岡とやっと睡魔を振り払えたらしき松田がしゃべっている。

「これはまた、見事に育ちましたねえ。紅《べに》はるかですか」

「はい。この一角だけ、紅あずまですが」

と、諸岡は植え込みの隅を指す。「最近の学生は食べ物に困っていないからか、こんなに堂々とサツマイモの葉が繁っているのに、イモ泥棒が出ないんですよ。食糧難の時代には考えられなかったことです」

「諸岡先生も私も、食糧難の時代を知らない世代じゃないですか」

「まあ、そうなんですけれど。私はイモの葉と見れば、とりあえず掘ってみますがねえ。松田先生だってそうでしょ」

「いやだな、勝手に掘ったりはしませんよ。諸岡先生が大切に育てているイモなんですから」

仲良しである。会話を小耳に挟んだ本村は、松田がY田講堂まえのイモ畑にちゃんと気づいていたらしいと知り、「やっぱり私は、もっと観察力を磨かないと」と気合いを入れ直した。

「さてさて、みなさん。イモ掘りのコツをレクチャーいたします」

諸岡が声を張った。本村と藤丸は立ちあがる。一同は半円を描くように、諸岡のまえに集まった。

「まず、私がこれで、邪魔になる蔓を払います」

と、諸岡は自身の背中に手をまわし、取りだした鎌を振りかざした。つなぎのベルト通しに柄《え》を差しこんで、持ち歩いていたようだ。

「危ない、危ない！」

「抜き身はやめてください」

「なんで植物学の先生って、『掃除人』みたいなひとばっかりなんすか」

ざわめく一同。しかしもちろん、諸岡は気にしない。いよいよ収穫のときを迎えたサツマイモをまえに、気持ちが浮き立っているもようだ。

「茎だけを少し残すようにしますから、みなさんはそれを目印に、移植ゴテで畝《うね》を掘り返してください。その際のポイントは、茎の直下を掘らないことです。イモを傷めてしまいますからね。いいですか、茎から掌ほど離れたところを、そっと移植ゴテですくいあげるようにするのです」

「はい」

「すくいあげつつ、もう一方の手で茎を引っぱると、サツマイモがごろごろっと抜けます」

そんなに簡単にいくのか？　本村たちは疑念と不安の眼差しを交わしあったが、再びおとなしく「はい」と答えた。

「カゴがいっぱいになったら、B号館に運んでください。ファサードの隅に筵《むしろ》を敷いておきましたから、そこにイモを並べ、風に当てます。表面の湿気を取ると、保《も》ちがよくなるので」

「二種類のイモが植えられているんですよね」

と本村は尋ねた。「品種をごちゃまぜにしてしまっていいのでしょうか。なにか見分ける方法は……」

「強いて言えば、紅はるかのほうが皮の色が鮮やかですが、土がついている状態ですし、みなさんの目にはどちらも同じサツマイモに見えるでしょう。うちの研究室であとで見分けますから、あまり気にしなくてけっこうです」

諸岡は気が逸《はや》ったのか、話しながら植え込みに足を踏み入れた。畝と畝のあいだにかがむと、繁ったサツマイモの葉をかきわけながら、絡みあう蔓を鎌で猛然と払っていく。

「ほらみなさん、掘るのです！」

諸岡に急《せ》かされ、本村たちも植え込みに入った。松田は諸岡を手伝い、刈り取られた蔓を一カ所にまとめて、運びやすいように荷造り紐《ひも》で束ねる。寝ぼけていたわりには、イモ掘りに必要なものをちゃんと準備してきたようだ。

「どの蔓の下にどんなイモがなっていたか、印などはつけないんですか」

川井が心配そうに聞いたが、

「いいんです、いいんです」

と、諸岡はものすごい勢いで蔓を取り除きつづける。「とにかく、みなさんはイモの収穫を」

葉と蔓が刈られたあとには、割り箸で作った金魚の墓標のように、十五センチほどの茎が残っていた。こんもり盛りあがった畝から、間隔を置いて茎が突きだしている。

「やりますか」

岩間が軍手をはめた手を打ちあわせた。軍手に付着していた砂埃が、朝の光のなかに舞いあがった。

いい天気だ。薄い水色の空の下、本村たちは畝に沿ってしゃがみ、イモ掘りを開始した。寒さは、作業をしていればすぐに紛れる程度のものだ。背中をお日さまがやわらかくあたためる。軍手越しに触れる土も、ほのかにぬくもっている。

授業がはじまる時間まではまだ間があるので、構内は静かだ。キャンパスの中央に位置するY田講堂のまえまで、本郷通りを行く車の音がかすかに届くほどに。たまに、目当ての校舎に向かう学生が芝生の広場を横切る。「なにをしてるんだろう」と怪訝《けげん》そうな視線を向けるものもいれば、本村たちの存在に気づかず通りすぎるものもいた。

ああやって私も、サツマイモを見過ごしていたんだな。そう思いながら、本村は慎重に移植ゴテを畝に差しこんだ。予想よりも土はやわらかかったが、移植ゴテのさきにちゃんとイモがあるのか、どうも心もとない。残された茎をあいた左手でつかみ、ぎこぎこと引きあげてみるも、力がたりないのかイモが頑固なのか、ちっとも姿を現さない。

しょうがないので、茎のまわりの畝を移植ゴテで掘り崩し、あとは手で土をかきわけることにした。すると、出てくる出てくる。地中でたくましく根が分岐し、一本の茎あたり、大小六、七本のサツマイモがなっていた。紅はるかか紅あずまかわからないが、土がついた状態でも、臙脂色の皮は艶《つや》を帯びている。本村の顔よりずっと長く、指をまわせないほど太いものもあった。

「わあ」

楽しくなった本村は、土中に掘り残したイモがないか探ってから、さっそく次の茎に取りかかった。移植ゴテで畝を掘り、手で土をかきわける。慣れるに従いリズムに乗って、次々にイモを掘りだせるようになった。

藤丸も、本村の隣の隣のイモを掘っている。相談したわけでもなく、なんとなく互いに茎一本おいた距離で作業するようになっていた。藤丸は茎をつかんで、「ふんぬっ」と一気に引き抜くのだが、根っこがちぎれて地中に取り残されるイモがあるようで、結局は畝を手で掘り返して捜索していた。海辺で砂を掘って必死に遊ぶ大型犬みたいで、なんだかかわいい。

加藤は向かいの畝で、「ぎゃっ、ミミズ！」と叫んでいる。加藤と同じ列でイモを掘っていた岩間が、「なんで投げてくんの」と後輩を叱りつけながら、飛んできたミミズをキャッチして土中に戻してやっている。川井は、みんなが掘り返したイモを集めてカゴに入れつつ、自身も器用に移植ゴテを駆使してイモ掘りをする。

すべての蔓を払った諸岡と、蔓を束ね終えた松田も、本村たちがいるのとは反対側の端から畝を崩しはじめた。掘りだしたイモを手に、あいかわらず仲良く二人でしゃべっている。

その様子を横目で眺め、

「このイモ畑、絶対に研究と関係ないよな」

と川井がつぶやいた。

「どういうことですか？」

本村はしばし作業の手を止め、向かいの畝にいる川井を見る。

「蔓や茎の記録も取らずに収穫するなんて、変だよ。たぶん、実験に使うイモは板橋の畑で育ててるんだと思う。そもそも、サツマイモは根が変形したものだろ？　先生の研究テーマからすると、茎が変形してできるジャガイモを育ててるのが本筋のはず。ここに植えられているのは、諸岡研究室で食うためのサツマイモだ」

「それを言うなら」

と岩間も会話に参加してきた。「昨日、諸岡先生が怒鳴りこんできたのだって、絶対演技でしょう。人手がたりないから、私たちを収穫に駆りだそうとして」

「それじゃあ俺、怒られ損じゃないですか」

加藤が情けない声を上げる。「あ、でも、諸岡先生が本当は怒ってないなら、温室の整理もしなくていいってことか」

「いや、温室はちゃんと片づけたほうがいい」

「そうよ。もともと半分ずつ使うはずなのに、領土侵犯したのは加藤くんなんだから」

川井と岩間にたしなめられ、加藤は肩を落としてイモ掘りを続行した。

T大大学院の理学系研究科生物科学専攻には、全部で三十の研究室がある。そのなかで、松田や諸岡のように植物分野の研究を行っているのは五つだ。

とはいえ、どこからが植物で、どこからが人間も含めた動物なのか、厳密に線引きするのは難しい。遺伝子を手がかりに調べてみたら、「動かないから植物だ」とずっと思われてきたキノコが、進化の道筋的には動物に近いと判明したように。そのため、現在では植物の研究は、「生物学」あるいは「生物科学」という大きなくくりのなかでとらえられることが多いのだった。

生物科学専攻に三十個ある研究室の内訳は、前述した五つの植物系のほかに、菌類や酵母、魚類やシカなど、多岐にわたる。

いずれにせよ、たとえば素粒子物理学とちがって、大がかりな実験装置や大勢の人員を要さない傾向にある。生物学でも最近では、大規模に比較ゲノムの研究をするチームも増えていて、論文の冒頭に共著者の名前が数百人ぶん列挙されている、というケースもないわけではない。だが、少なくとも松田研究室はこぢんまりとしたものだ。

松田研究室と諸岡研究室は、「葉っぱ」「イモ」と、比較的明確に「植物」だと分類されるジャンルが研究対象なうえに、部屋自体も実験室を挟んでお隣さんなので、メンバー同士はふだんから特に親しく交流している。

だから、イモ掘りの手伝いをするのはまったくかまわない、と本村は思う。諸岡先生も妙な芝居など打たずに、素直に頼んでくれればよかったのに、と。まあ、温室をなんとかしてほしかったのも本心なのだろう。なるべく角が立たぬ形で、整理された温室とイモ掘り要員を獲得するには、どうしたらいいか。考えた挙げ句の小芝居だったわけで、諸岡はどうにも憎めぬチャームにあふれているのだった。

松田研究室と諸岡研究室は、いつも持ちつ持たれつの関係だから、私たちがイモを掘るのはべつにいい。だけど、諸岡研究室で食べるためのイモを、巻きこまれて掘らされている藤丸さんは、どう思っているのか。気分を害しているのではないか、と本村は隣の藤丸をうかがった。

川井たちの会話は耳に入っていたはずだが、藤丸は気にしたふうでもなく、「ふんぬっ、ふんぬっ」と熱心にサツマイモを引っこ抜いていた。あ、藤丸さんはほんとにおひとよしなんだ、と本村は納得し、気を揉むのをやめた。

「だいたいさあ」

掘ったイモを地面に並べながら、岩間がため息をつく。「こんな早朝にイモを掘るのも、大学側に見つかったら怒られるからでしょ」

ちょうど「ふんぬっ」と新たなイモを抜き、軍手の甲部分で額の汗をぬぐっていた藤丸が、

「え、そうなんすか」

とはじめて口を挟んだ。「おイモの先生が、イモを育てて掘るのは当然なんすから、べつに大丈夫なんじゃないですか」

「研究用ならまだしも、食用なんだとしたら、どうかなあ……」

加藤は自信なさそうに言い、

「しかもY田講堂のまえだし」

と岩間も肩をすくめた。留学先のアメリカ仕込みのジェスチャーである。「かっこいい」と思った本村は、移植ゴテを片手にこっそり真似をしてみたが、「凝《こ》った肩をほぐそうとしているひと」みたいにぎこちない動きにしかならず、ひそかに落胆した。幸いにも、本村の試みに気づいたものはだれもいなかったようだ。

「Y田講堂のエントランスには、日中は警備員が立ってるんだ」

と、川井が藤丸に説明した。「勝手にひとが入らないようにね。諸岡先生は警備員に見とがめられたくなくて、早朝を指定したんだと思う」

「へええ、ずいぶん厳重なんすね」

藤丸は感心した様子でY田講堂を仰ぎ見た。「たしかに立派だし、古そうな建物だもんな」

「文化財に登録されているからね。T大紛争のときは、全共闘の学生たちが立てこもって、機動隊と衝突した。そういう意味でも、歴史的な建物だと言える」

「えっ。戦争があったんすか？　この建物で？」

「戦争ではなく、学生運動……」

川井は解説を加えようとしたらしいが、結局は黙った。藤丸とのジェネレーションギャップを感じたのかもしれないし、「こりゃだめだ」と諦めたのかもしれない。やりとりを聞いていた本村は噴きだしそうになったが、しかし本村自身も、学生運動が盛んだった時代のことを、知識のうえでもあまり知らないのだった。

芝生の広場を擁し、すっかり穏やかな空間となったY田講堂。だが、そのまえに集《つど》う若者たちの胸に、希望や悩みや情熱や冷笑が宿っているのは、昔もいまも変わらないだろう。

藤丸はよくわかっていないながらも、Y田講堂がT大の象徴的存在だと認識したようだ。

「そんな建物のまえに勝手にサツマイモを植えたら、そりゃ怒られるかもしれないっすねえ」

と、一人うなずいている。「おイモの先生も、籠城して機動隊と戦ったわけですよね。その記憶があるから、いざというときに備蓄する食料として、ここでサツマイモを育ててるのかもしれないっすよ」

戦国時代の籠城戦と第二次世界大戦中とY田講堂事件とがごちゃ混ぜになったよう

な、珍妙なイメージに基づく仮説を藤丸は語る。藤丸さんのなかで時空がねじれている、と本村は思った。

「私をいくつだと思ってるんですか」

と声がした。一同がそちらを見ると、諸岡が猛烈な勢いでイモを掘っていた。向こう端から掘りはじめたはずなのに、すでにかなり、本村たちのほうへとにじり寄ってきている。大変なスピードだ。松田はというと、不器用に移植ゴテを動かしていて、諸岡の半分も作業は進んでいない。

「T大紛争のころ、私はまだ中学生だったんですよ」

と、諸岡は手もとを注視しながら言った。「Y田講堂に立てこもれるはずないじゃないですか」

「そっかー。全然わかってなくて、すみません」

藤丸は素直に謝り、

「俺もてっきり、諸岡先生は機動隊に投石したことあるんだろうと思ってたよ、藤丸くん」

と加藤が囁いた。

「きみたちのような若いひとにとっては、終戦も学生運動も、等しく『遠い昔の出来事』なんでしょうねえ」

諸岡の表情と声音は、嘆きと微笑が縒《よ》りあわさって、DNA螺旋《らせん》のような玄妙さを感じさせるものだった。「私にとって一九四五年は、経験してはいないけれど『もののすごく身近な過去』。一九六九年は、リアルタイムで推移を見守った『記憶』なんですが。時間はどんどん経っていくんだな……」

ふだん、イモを眺めたりイモに触れたりイモについて考えたりしていればご機嫌な諸岡先生が、イモ掘りをしながらなんだか気弱になっている！　これは異常事態だ、と本村たちは目配《めくば》せしあった。諸岡を元気づけるべく、なにかいい話題はないかと脳内を検索するも、シロイヌナズナやサボテンで頭がいっぱいの面々だ。諸岡の興味をかきたてられるようなテーマがあまりなく、困ってしまった。

「そ、そういえば藤丸くん」

と、岩間が苦しまぎれに話しかける。「サツマイモを使ったお料理で、なにかおすすめのものはある？」

「うーん、なんでしょうねえ」

藤丸は掘りだしたばかりのサツマイモを手に、朗らかに答えた。「俺は焼き芋が好きっすけど」

それは料理と言えるのかしらと、本村は自身の料理の腕前を棚に上げて考えた。

「みそ汁に入れてもうまいし、小さくサイコロ状に刻んでかき揚げの具に混ぜてもいいすよね。大学芋もおすすめっす。レンジでチンしてから揚げると、なかはしっとり、表はカリッと仕上がりますよ。でも、俺がいま一番食べたいのはスイートポテトかなあ」

「俺も好き」

と加藤が話に乗ってきた。「子どものころ、たまに母親がおやつに作ってくれたっけ。あれって、俺でも作れるかな」

「はい、簡単っすよ。サツマイモを茹でるか蒸《ふ》かすかチンするかして、つぶして、バターと生クリームを加えて混ぜるんです。マーガリンや牛乳でもオッケーっす。砂糖はお好みで。イモ自体がけっこう甘いっすから、俺は砂糖を使わずに作ることもあります。で、形を作って、オーブンかトースターで焼く。卵の黄身を塗っておくと、表面が照り照りしてきれいすよ」

「ほう、きみは料理が趣味なんですか」

諸岡が尋ねる。

「いえ、趣味じゃなくて仕事です」

「先生、藤丸くんは院生ではないんです」

川井があわてて補足した。「円服亭で調理と接客をしている店員さんです」

「ええ？」

諸岡は驚いたようだった。「どうも見覚えのない院生だなと思っていましたが、そういうことでしたか。イモ掘りの手伝いをさせてしまって、申し訳ない」

「いいんす、いいんす。楽しいす」

藤丸は軍手をはめた手を顔のまえで振る。諸岡は、本村たちをぐるりと見まわした。

「きみたちもひとが悪い。藤丸くんは院生ではない、となぜ言わなかったのです」

言う隙を与えてくれなかったからだ、と一同は思ったが、もちろん口答えせず「すみません」と謝った。

「藤丸くんには、収穫したサツマイモをお詫びに差しあげましょう。しかし、円服亭には私もちょくちょく行っているのに、そこの店員さんだとはちっとも気づきませんでした」

「いいんす、いいんす」

と、藤丸がまた手を振った。「店員の顔を覚えるために飲食店に来るひとはいないんすから、食うことに集中してもらえれば。それに、『T大のひとかな』と思うお客さんは、わりと早食いだったり、何人かで来てもずーっと研究の話をしてますから。大将にも、『邪魔しないよう、皿を下げるタイミングにも気を配れよ』って言われてるんです」

「接客業の鑑《かがみ》ですねえ」

諸岡は感に堪えぬように言い、「そして私たちは、研究にばかり頭を使うのではなく、もう少し周囲を気にするようにせねばなりませんねえ」

と首を振るのだった。再び気弱モードに突入してしまったようだ。

そんな諸岡を励まそうにも、松田研究室の面々も「研究に夢中」という点ではご同類だから、「本当に」と黙ってうなずくほかない。一同はまたしばらく、サツマイモを掘りだすことに専念した。

諸岡は天敵から逃れるモグラなみに猛然と土をかきわけつつ、なにか考えていたよ

うだ。ふと作業の手を止め、

「これからの時代はよりいっそう」

と言った。「広い視野が要求されます。研究に没頭するだけでなく、どういう研究をなぜ行っているのか、それによってなにがわかり、まだわかっていないことはなんなのか、研究者ではないひとたちにも、わかりやすくお伝えしなければならない。そうでないと研究費が下りないという現実もありますが、なによりも、『すぐに結果が出て、ひとの役に立つ研究以外は、すべて無駄であり無意味である』という悪しき成果主義、功利主義が、世の中を覆いつくしてしまうからです」

「円服亭のように、プロとして料理の腕をちゃんと振るいながら、その料理を気持ちよくお客さんに味わってもらう配慮も欠かしてはいけない、ということですね」

諸岡の言葉を嚙みしめるように、川井が言う。

「そのとおりです」

諸岡は掘りだしたサツマイモについた土を払い、堂々たる姿を愛おしそうに眺めた。

「私たちがやっている基礎研究は、滋味豊かな食材のようなものです。おいしく、栄養満点で安全な食材がなければ、料理を作ったり食べたりすることができないのと同じく、私たちの研究もまた、ひとの役に立つような研究の土台になるものなのです。だからこそ、信頼に値する研究を、時間がかかっても誠実に行わなければならない」

「でも」

と加藤が首をひねりながら言った。「ご飯を食べるとき、『栄養を摂取しなきゃ』とか『産地はどこかな』とか、いちいち考えませんよね。『腹がへったからとりあえず食う』とか、『たまには、おいしくてきれいな盛りつけの飯を食いたいから、あの店に行こう』とか、その程度の動機だったりします」

「私たちの研究も食材と一緒で、滋味豊かだけど地味、と加藤くんは言いたいのですね。それはたしかに」

と諸岡は認めた。諸岡が意図したのかどうかわからないが、オヤジギャグになってしまっている。その点については、一同は聞かなかったことにした。

「しかし、『おなかがすいたから』『おいしくてきれいだから』という気持ちは、人間の根源にかかわる重要な欲求です。基礎研究も、同じ欲求から発しています。『知りたい』という思いは、空腹に似ている。そして、うつくしいものを追い求めずにはいられないから、研究するのです」

本村は深く納得した。本村も、シロイヌナズナの細胞のうつくしさに魅せられ、知りたいという思いにいつも駆り立てられているから、研究をつづけずにはいられないのだ。

その気持ちをほかのひとに理解してもらうのは難しいのではないか、と感じていたが、人間の根源的な欲求だと諸岡に言ってもらえて、希望を抱けたような気がした。研究を通して、だれかの心とつながりあえるかもしれない、という希望だ。

「わかるような気がするっす」

と藤丸がつぶやく。「俺なんて勉強苦手で、『どうやって学校サボろっかな』っていつも考えてたようなクチっすから、最初は驚いたんすよ。『こんなに何年も大学に通って、研究ばっかしてるひとたちがいるのか。楽しいのかなあ』って。でも、本村さんたちの様子を見て、なんとなく思いました。俺も、『不思議だな、知りたいな』っていう気持ち、たしかにある。シロイヌナズナやサツマイモも、よく見ればかわいいしきれいだなって。だからいまは、松田研究室のみなさんの研究を応援してます。もちろん、おイモの先生の研究も」

「心強いですね。藤丸くんの期待に応えられるように、がんばらないとなりません」

諸岡は笑った。「しかし、私はもうすぐ定年です。まだまだ知りたいことはあるのに、一人の人間に与えられた時間はあまりにも短い。きみたちのような若いひとが、熱心に研究に取り組んでいたり、応援したりしてくれる。それが希望の光です」

諸岡から「希望」という言葉が出て、本村ははっとした。ちょうど希望について考えていた自身の内心を見透かされたような気がしたからでもあるし、自分の行いがだれかの希望になることがあるかもしれないなんて、想像したこともなかったからでもある。

「だけど」

と本村は思いきって口を開いた。「私はいつも不安でいっぱいです。てんで見当違いな実験をしてるんじゃないかとか、そもそも私に研究者としてのセンスはあるんだろうかとか、このまま研究をつづけられる環境に身を置けるかしらとか……」

「それは私もそうよ」

岩間がまた肩をすくめた。「みんな、そんなもんじゃない？」

「そういう悩みがあるというのが、若さの証拠です」

諸岡は本村たちを力づけるように微笑んだ。「私の悩みといえば、『老後の蓄えはこれで充分なんだろうか』とか、『ふるさとで一人暮らしをしている母も、もう九十になるから、そろそろ今後どうしたいか話を聞かなければならないなあ』といったものです。きみたちとは悩みの質がまったくちがう。きみたちには、将来の可能性が拓《ひら》けているということですよ」

気弱モードだった諸岡を励まさなければと思っていたのに、逆に本村のほうが励まされてしまった。本村は、「そうか、悩んでいいんだ」と思った。実感と真情のこもった諸岡の言葉は、焚き火に当たったときみたいに、本村の胸に光とぬくもりをもたらした。

ほかの面々も同じ気持ちだったらしい。「強引にイモ掘りに駆りだすけど、先生やっぱりいいひとだな」「親の介護とか、まだ考えたこともなかった」などと思いつつ、諸岡に尊敬の眼差しを送った。

ようやくサツマイモを掘り進めた松田が、距離を縮めてきた。本村たちから三本ぶんほど離れた茎の下を、あいかわらず不器用に移植ゴテでいじっている。

「松田先生は、なにか悩みはありますか」

と、加藤が声をかけた。

ことですね」

「悩み？　そうですねえ」

松田は少し考え、「現在の悩みは、どうも難しくて、イモをうまく掘れないというと言った。人生の深みにも将来の展望にも欠ける答えに、一同はややがっかりした。

用意したカゴがいっぱいになるたび、理学部B号館のファサードに運び、作業は二時間ほどですべて終わった。

幸いにも、Y田講堂の警備員に見とがめられることもなかった。正確に言えば、作業の途中から講堂のエントランスに警備員が立ったのだが、「なにをしてるんだか」と本村たちをいぶかしげに眺めるのみで、近づいてはこなかった。演劇サークルの発声練習や音楽サークルの楽器練習や大道芸サークルのジャグリング練習のほかにも、意図のわからぬ面妖な行動をする学生や教員はたくさんいるので、警備員もイモ掘りぐらいでは動揺しなかったのだろう。

収穫したイモをB号館のファサードまで運ぶのは、かなりの重労働だった。藤丸はサツマイモが山盛りになったカゴを一人で軽々と持ちあげたが、ほかは力仕事に不向きなものばかりだ。二人一組になって、えっちらおっちらカゴを運ぶ。

めいめいが二往復して、やっとサツマイモを運び終えた。藤丸は元気に三往復した。ファサードにみっしりとサツマイモが並んださまは壮観だった。足の踏み場すらろくになく、B号館に出入りするひとの通行の邪魔になってしまうので、さきに風に当てたイモから、諸岡研究室へ運びあげることにした。再びカゴにイモを盛り、今度はエレベーターを活用する。

ファサードに戻り、残ったイモを並べなおす。諸岡は研究室から持ってきた大きなレジ袋に、収穫したてのサツマイモを詰めた。

「これは藤丸くんに」

「ありがとうございます」

藤丸は袋を受け取り、うれしそうになかを覗きこむ。

「洗わずにそのまま、一、二週間ほど寝かせてください。風味が増します」

「はい。じゃあ俺、店があるんで、これで失礼します。つなぎは洗濯して返します」

「すみませんね。いつでもいいですから」

一同に見送られ、藤丸は袋を片手に赤門のほうへ歩み去っていった。

諸岡は松田研究室にも、二カゴぶんのサツマイモをくれた。山分けして自宅に持ち帰ったイモを、その晩、本村は台所の床の隅に敷いた新聞紙に並べた。

食べごろになるのが待ち遠しい。台所の薄暗がりのなかで、七本のサツマイモがビロードのようにあでやかだ。藤丸さんが言っていたとおりに、スイートポテトを作ってみようかな、と本村は考えた。

むろん、これまで菓子を作ったことがなく、日々を研究と実験に追われて過ごす本村が、実際にスイートポテト作りに着手できるはずもない。

サツマイモの収穫から二週間弱が経ち、十一月も下旬となった。本村はこのところ毎朝、蒸かしたサツマイモを食べている。絶妙にねっちりしており、とても甘くておいしい。

しかし本日蒸かしたサツマイモは、これまでのものとはちがい、ほくほく感が前面に出ていた。そういえばＹ田講堂まえには、紅はるかと紅あずま、品種の異なる二種類が植えられていたのだった。

本村は自室のノートパソコンを立ちあげ、サツマイモについて検索してみた。品種ごとの特徴を記したサイトを読む。ねっちりしているのが紅はるかで、ほくほくしているのが紅あずまらしい、ということがわかった。

まだ蒸かしていない数本のサツマイモを台所から持ってきて、紅あずまだと判明した本日のサツマイモと比較する。本日のサツマイモにはすでに熱を通してしまったこともあり、品種のちがいを外見から見分けることはできなかった。蒸かしていないサツマイモのなかに紅あずまが混じっているのか、紅はるかだけなのか、もしや紅あずまだけなのか、実際に食べてみなければわからないサツマイモ・ロシアンルーレットだ。どちらのサツマイモも甘さは充分なので、当たっても怖くない、幸せなロシアンルーレットである。

いずれにせよ、わざわざスイートポテトにしなくても、蒸かすだけでおいしい。本村は自身の無精から目をそらし、植物に水をやったのち家を出た。ポインセチアはあいかわらず、葉が色づくきざしがない。

毎朝サツマイモを食しているおかげで快腸だが、本村の研究のほうは、快調とは言いがたかった。

本村は現在、シロイヌナズナの種採《たねと》りに精を出している。

シロイヌナズナは全ゲノムの解析が完了し、モデル植物として各研究機関で管理・

活用されているため、野生株《やせいかぶ》であっても、「Ｃｏｌ（コロンビア）」「Ｋｙｏ（京都）」といったように、しっかり系統立てられている。

なぜ系統を確立してあるのかというと、研究者それぞれが好き勝手なシロイヌナズナを実験に使ったら、通訳もなしで各人が母語をしゃべりっぱなしにしているがごとき事態になってしまうからだ。素性のはっきりした「コロンビア」という野生株は、共通言語のようなもの。シロイヌナズナの基準となる系統として、世界中の植物研究で使われている。

たとえば、「コロンビアから、『葉っぱの縁が丸まっている』という特徴を持つ、突《とつ》然変異《ぜんへんい》の株ができました。調べてみたら、ここの遺伝子が壊れていたのが原因でした」という論文が発表されたとする。「本当にこの論文が正しいのか、試してみよう」となったら、まずはシロイヌナズナの「遺伝子資源ストックセンター」にパソコンでアクセスする。

研究者になるまえの本村は想像すらしたことがなかったのだが、世の中にはなんと、ショウジョウバエやらシロイヌナズナやらの「遺伝子資源ストックセンター」が存在するのである。はじめて知ったときは、「ＳＦみたい」と感心した。

シロイヌナズナの「遺伝子資源ストックセンター」には、研究者たちが寄託した、無数と言っていいほどの変異株《へんいかぶ》がコレクションされている。データベース化されているので、件の論文で「壊れていた」と指摘のあった遺伝子の番号を打ちこむ。すると、「当ストックセンターにある変異株のなかで、その遺伝子が壊れているものは、これとこれとこれです」と情報を得られる。注文して、該当の変異株を取り寄せることもできる。

こうして研究室に変異株が届いたら、論文の主張が正しいのか、手もとで思うぞんぶん調べられる。「コロンビア」系統から突然変異した株だけではなく、同じ遺伝子が壊れたせいで、「京都」系統から突然変異した株だって、ストックセンターにあるかもしれない。いろんな系統から生じた変異株を好きなように取り寄せて、比較し調べることが可能だ。これもすべて、「コロンビア」や「京都」といった基準となる野生株の系統を、全世界の研究室で共通して使っているおかげだ。

もちろん、どの遺伝子が壊れたのが原因で、通常のシロイヌナズナとはちがった形状を持つに至ったのか、まだわかっていない変異株もたくさんある。逆に、狙った遺伝子を改変し、人工的に「葉っぱの縁が丸まっている」とか「葉柄がねじれている」

といった特徴を持つ変異株を作りだすこともある。

いま、本村が種採りに勤しんでいるのは、シロイヌナズナの変異株同士をせっせと交配させた成果だ。本村当人は色恋と隔絶した日々を送っているが、シロイヌナズナは着々と種を作り、生めよ増えよ地に満ちよといった勢いなのだった。

人為的に交配したシロイヌナズナが、外部に流出してしまっては一大事だ。変異株のなかには、遺伝子組み換えを行ったものもある。それが道端などで勝手に繁殖する事態になったら、自然界のバランスが崩れてしまうかもしれない。よって、交配作業は栽培室のなかのみで厳重に行われ、種が衣服や髪について外に運ばれることのないよう、万全の注意が払われる。

交配は、細かい作業の連続だ。

栽培室のチャンバーで温度と光を適切に管理すると、シロイヌナズナは一カ月ちょっとで開花する。しかし、花が咲くということは、勝手に受粉が行われてしまうということなので、交配を準備するチャンスは開花の直前しかない。

勝手な受粉を防ぐため、まだ青い蕾《つぼみ》をピンセットでそっと探り、おしべをすべて取り去る。その蕾のついた茎には、目印に糸を結んでおく。蕾自体は二ミリほどだし、蕾のついた茎も極めて細い。髪の毛に経を書くような作業で、目がちかちかしてくるし、肩凝りにも悩まされる。しかも蕾は次々につくので、時間との戦いだ。

一息つく間もなく、開花がはじまる。そうしたら今度は、交配相手である株から、花粉が詰まったおしべの葯《やく》をピンセットで取ってきて、目印の糸がついた花のめしべに、ちょんと載せる。人為的な受粉の完了だ。

本村は今回、交配によって四重変異体《よんじゅうへんいたい》を作りたいと思っている。しかしこれが、気が遠くなるほど手間がかかる。本村は気が遠くなりすぎて、心情的には白目を剝《む》いた状態で種採りをしている。

四重変異体とは、なにか。変異株の交配を繰り返し、変異を四つ重ねたもののことだ。たとえば、「葉っぱの縁がぎざぎざしている」変異株と、「葉っぱの縁がちょっと丸まっている」変異株を掛けあわせると、「葉っぱがパセリみたいにチリチリ」なシロイヌナズナが、いきなりできることがある。「変異に変異を重ねたらどういう効果が生じるのか」を調べたいとき、研究者は交配によって「二重《にじゅう》変異体」や「四重変異体」を作る。

四重変異体を作るには、以下のような段取りが必要だ。

シロイヌナズナの変異株「a」「b」「c」「d」があるとする。「a」と「b」を交配させると、できた種《たね》（子ども世代）は野生型になる。「通常よりもぎざぎざした葉ができる」といった遺伝子変異は、たいがいは劣性《れっせい》なので、子ども世代では発現しない。そのため、見た目のうえでは通常の葉っぱの形をしているのだ。

そこで、子ども世代が自家受粉するのを待つ。するとメンデルの「分離の法則」により、できた種（孫世代）の十六分の一が、「ab」という二重変異体になる。

今度は、二重変異体「ab」に変異株「c」を交配させる。その子どもはまたも野生型になるので、子ども世代が自家受粉するのを待つ。すると、できた種（孫世代）の六十四分の一が、「abc」という三重《さんじゅう》変異体になる。

もうおわかりかと思うが、三重変異体「abc」に変異株「d」を交配させると、その孫世代の二百五十六分の一が、四重変異体「abcd」になるのである。本村が白目になるのも、いたしかたないところだ。いくらシロイヌナズナの成長サイクルが速いといっても、こんなことを律儀にやっていては、四重変異体を充分に得るまえに本村のほうが寿命を迎えてしまう。

そこで本村は少しでも時間を節約するため、変異株「a」と「b」の交配と、変異株「c」と「d」の交配を同時進行で行うことにした。具体的には以下のとおりだ。変異株「a」と変異株「b」を育て、よさそうな花を二、三個選んで交配する。つまり、変異株「a」の小さな小さなめしべに、変異株「b」のこれまた小さな小さなおしべの葯を載っけるのである。こうしてできた種を採って播《ま》き、すくすく育ったのが子ども世代だ。

しかし子ども世代では変異が発現しないので、見た目はすべて野生株で正常だ。そこで、子ども世代の株が自家受粉するのを待ち、五十粒ほど種を採って播く。

またすくすく育つ。孫世代だ。このなかに十六分の一の確率で、二重変異株「ab」ができている。孫世代では変異も発現するが、見た目だけで判断したのでは正確性に欠けるので、PCR《ピーシーアール》（ポリメラーゼ連鎖反応《れんさはんのう》）という技法を使ってDNA鑑定し、どの株が二重変異体になっているのかを特定する。特定のためには細かく複雑な手順を踏まねばならず、忍耐と根気を要求される。地獄だと感じるほど手間がかかったから、いまはPCRの詳細については思い出したくもない。

もちろん、同時に育てている変異株「c」と変異株「d」においても、同じように交配、自家受粉、PCRを行った。

神経がすり減るような細かい作業を重ね、ようやく得られた二重変異株「ａｂ」と「ｃｄ」。だが、まだまだ終わりではない。今度はこれを交配する。二重変異株「ａｂ」と二重変異株「ｃｄ」から、またも二、三個の花を選び、めしべに相手のおしべの葯をちまちま載っけるのだ。

さしもの本村もこのあたりで本格的に白目を剝きはじめたのだが、それでも二重変異株「ａｂ」と「ｃｄ」の交配を終え、百粒以上の種を無事に収穫できた。なるべくふっくらした種を五粒選んで播いたところ、すくすく育ち、自家受粉して実をつけている。理論上は、このなかに四重変異体の種が混じっているはずだ。

同時進行で時間短縮を狙ったとはいえ、交配の回数自体は変わらず、三回。長い、長すぎる道のりだった。自家受粉も含めて世代で考えると……、ひ孫？　やしゃご？シロイヌナズナ一族の大繁栄に、本村も頭がこんがらがってきたが、とにかく狙ったとおりの四重変異体ができていたらいいなあと、祈るような気持ちでいる。

本村がなぜ、手間をかけ白目を剝いてまで四重変異体を求めるのかというと、当然ながら葉っぱについて考えるためだ。

本村はこれまで、シロイヌナズナの葉の細胞の数をひたすら数え、葉のサイズを測ってきた。毎日シロイヌナズナと触れあい、成長を見守り、顕微鏡を覗きこんできたので、ちょっと変わった形の葉や細胞があると、「おや？」と反射的に目の焦点が合うようになったほどだ。網膜に対象物が映しだされた瞬間、脳が違和感を認識するよりも早く、自動的にピントが調整されズームアップする感じ。

だが何百回計測しても、シロイヌナズナの葉っぱのサイズと細胞の数は、想定の範囲内に収まる。通常よりもちょっと葉の面積が大きいかなと思う変異株でも、同じことだ。どんなに肥料や水をやっても、温度と光の管理を完璧にしても、シロイヌナズナの葉がタイサンボクの葉ぐらい巨大化することはない。

シロイヌナズナは、決まった数の細胞で、決まったサイズの葉っぱしか作れない。しかし、シロイヌナズナと同じアブラナ科であるキャベツは、シロイヌナズナよりも格段に葉が大きくなる。葉が大きいといえば熱帯の植物を思い浮かべがちだが、日本にも特大の葉をつける植物は存在する。たとえば、アキタブキというフキは、長くのびた茎のさきに、傘のように大きく丸い葉がつく。子どもが持つとコロボックルみたいで、とても愛らしい。縮尺のおかしな世界に迷いこんだ気分を味わえる。

また、本村がアパートの部屋で育てているパキラは、中南米が原産で、本村の顔より大きな葉も、本村の掌ほどの葉も、一本の枝につける。これほどのサイズ差は、シロイヌナズナの葉には生じない。

さらに言うと、シロイヌナズナやキャベツやアキタブキやパキラは、それぞれの種類と環境に応じて、決まった数の細胞を作ったところで葉の成長が止まる。「千畳敷ほどもあるキャベツの葉」を、だれも目にしたことがないのはそのためだ。

ところが、モノフィレアという熱帯の植物は、寿命が来るまで葉の細胞を増やしつづけることができる。成長を止めることなく、ぐんぐんぐんぐん、どこまでも葉っぱが大きくなるのである。

なぜ、植物の種類によって、葉の大きさと細胞の数にちがいがあるのだろう。そしてなぜ、熱帯の一部の植物は、青天井で葉っぱの細胞を増やしつづけられるのだろう。

現在のところ、まだまだ謎だらけだ。

ただ、シロイヌナズナの葉を観察することを通し、本村はひとつの推測を抱くようになった。

モデル植物であるシロイヌナズナは、全世界で研究されているため、葉の形成や成長の仕組みについて判明していることが多々存在する。「葉っぱの制御システム」も、そのひとつだ。特大の葉や極小の葉ができたりしないよう、シロイヌナズナには、細胞の数とサイズを一定の値に調整する働きが備わっている。

モノフィレアのような熱帯植物は、その制御システムが壊れているのではないか。いや、「壊れている」と言うのはイメージが悪いし、正確ではない。制御システムが「大幅に変更されている」のではないか。だから、モノフィレアは葉の細胞を増やしつづけることができ、葉がとんでもないサイズになるのではないか。本村はそう推測した。

この推理が正しいのか、どうやってたしかめればいいのだろう。本村は考え、証明する方法を思いついた。「シロイヌナズナの四重変異体を作って、調べてみよう」と。

シロイヌナズナには「葉っぱの制御システム」が備わっているが、もちろんそれは、「ポチッとボタンを押せば、葉の細胞数とサイズが一定に調《ととの》う」といったような、単純な仕組みではない。シロイヌナズナの小さな体のなかで、さまざまな制御システムが複雑に絡みあい、影響しあって、細胞の数とサイズを一定にすべく精妙な働きを見せているのだ。

そこで本村は、制御システム「A」が壊れた変異株「a」と、べつの制御システムのパーツ「B」が遺伝子組み換えによって壊れた変異株「b」と、またべつの制御システム「C」が壊れた変異株「c」を用意した。最後に、さらにべつの制御システム「D」が壊れた変異株「d」を選んだ。

「『D』のほかにも、有力そうな制御システムがあるけど、個人的に一番気になるのは『D』なんだよな……。よし、ここは思いきって直感に従おう」と、迷ったすえでの選抜である。アイドルグループのメンバーを決めるにあたり、ずらりと並んだダイヤの原石をまえにして悩み苦しむプロデューサー、といった心境だ。

制御システムの候補はいろいろあるので、遺伝子の組みあわせも「a」「b」「f」「w」など何通りも考えられるが、本村の寿命は限られている。すべてを試すことは到底できないから、とりあえず「a」「b」「c」「d」に絞り、目的どおりの遺伝型の組みあわせを作って、それぞれの葉がどうなるのかを調べることにしたのだった。

こうして選んだ変異株「a」「b」「c」「d」を交配させ、四重変異体を得るべく、本村はただいま最終段階にあたる種を採っている最中なのである。

本村の推理が正しいならば、制御システムに変異が生じたシロイヌナズナを交配させることによって、モノフィレアのようにとは行かないまでも、ぐんぐん葉が大きくなるシロイヌナズナができるはずだ。また、変異株「a」「b」「c」「d」の交配によって、そんなシロイヌナズナができたとなれば、「特大の葉を作れる植物が存在するのは、その植物の『葉っぱの制御システム』が大幅に変更されているからだ」ということの証明になる。

シロイヌナズナの葉がバナナの葉っぱぐらい大きくなって、チャンバーを突き破ってしまったらどうしよう。「むふふ」と本村は夢想する。

しかし当然ながら、現実はそううまくはいかない。

シロイヌナズナの実は、細長い莢《さや》のような形状をしていて、種はそのなかに入っている。種の形はラグビーボールに似ているが、サイズは細かい砂粒ほどだ。次々に実りのときを迎えるシロイヌナズナから、小さな種をピンセットでひたすら採りまくり、なくしたり紛れたりしないようエッペンチューブに収めるのは、ものすごく目が疲れるし肩が凝る。

採らなければならない種の数と、そのさきの作業を思うと、疲れ目と肩凝りに加えてめまいにも襲われる。

四重変異体を求め、本村はシロイヌナズナの変異株を交配してきた。しかし、三回にわたって変異株同士を交配しても、二百五十六分の一の確率でしか、四重変異体の株はできない。

シロイヌナズナの種は、ひとつの実のなかに三十粒ほど入っている。つまり、十個の実から合計三百粒ほどの種を採ってようやく、そのなかの一粒が四重変異体の種かもしれない、という割合なのだ。

しかも、本村は実験と観察に使いたくて、四重変異体を作ろうとしている。そうなると、四重変異体の株がひとつしかないのでは話にならない。その一株が枯れてしまったら、面倒な交配作業を一からやり直さなければならないので、保険という意味でも、せめて四株ぐらいは欲しい。その四株を大切に育て、自家受粉させれば、四重変異体の株をどんどん増やせる。

すべてのはじまりとなる、四粒の種。それを得るために、本村は交配やら種採りやら種播きやら自家受粉やらPCRやら、大変な作業を繰り返してきた。だが最終段階の種採りに突入したいま、「そんな手間なんて序の口だった」と思い知らされていた。

現在、二重変異株「ａｂ」と「ｃｄ」を交配させてできた五株に、自家受粉で次々と実がなりつつある。このなかから四十個ほどの実を選び、合計千二百粒の種を採らなければ、四重変異体を探し当てられないのだ。砂ぐらいのサイズの種を、千二百粒！　確率からして四粒あれば御《おん》の字《じ》の種を手にするために、千二百粒！

しくしくしく。本村は栽培室で一人泣いた。本当に、ちょっと涙が出た。種採りはまさに、砂に埋まったダイヤモンドを探すような作業だ。

ううん、ダイヤならまだしもましだ。本村は思う。砂のなかにあっても輝いて、「ここだよ」と存在を教えてくれるのだから。でも、四重変異体の種は、見かけはほかの種とまったく変わらない。千二百粒の砂のなかから、目的の四粒の砂を探すようなもので、禅問答か。なんなんだろう、この苦行は。しくしくしく。

いくら葉っぱの謎に迫りたいからといって、こんな実験方法を思いついてしまった自分を恨んだ。さらに恐ろしいことに、この実験を完遂させるためには、これからさきも苦難の道のりを歩まねばならない。

千二百粒の種を滞りなく採りきれたとして、そのなかのどれが四重変異体の種なのかを、どうやって調べるか。なにしろ、すべての種が等しく砂粒みたいなのだ。見た目では判断がつかない。

当然、播くのである。千二百粒の種を播いて、千二百株のシロイヌナズナを育てるのである！　そして最終的には、またもPCRを使ってDNA鑑定し、四重変異体の株がどれなのか確認するのである！　なかには葉っぱの形で、「これは四重変異体じゃないな」とわかるものもあるかもしれないが、いまのところ、千二百株ぶんのDNAを調べることを辞さない覚悟でいなければならない。

悲しい話題はほかにもある。交配によって、二百五十六分の一の確率で四重変異体を得られるというのは、あくまでも理論上でのこと。千二百粒の種を採り、播き、育て、調べても、実際には四株どころか一株も四重変異体になっていなかった、という事態すら起こりえる。

もうやだ、考えたくない。でも、やるしかない！　この種のなかに四重変異体がありますようにと、祈るしかない……！

科学者にあるまじき神頼みの境地に達した本村は、ピンセットを持ったまま両手を高く掲げ、栽培室の天井を仰いだ。椅子に腰かけてはいるが、映画『プラトーン』のポスターみたいなポーズである。ちまちました種を採りつづけ、ちょっとおかしくなっていたのだろう。

おもむろに手を下ろし、再びシロイヌナズナに向き直った。ふと自身の指さきを眺める。爪は極限まで短く切ってある。

爪のあいだに種が挟まると、混入《コンタミネーション》のおそれが高まるからだ。もし机のうえに、今回の種採りとはまるで関係のない、べつの変異株の種が落ちていたとしたら。それがふとした拍子に爪に挟まり、四重変異体候補となる千二百粒の種とともに、エッペンチューブのなかに混入してしまったら。すべてがおじゃんだ。「コンタミ（混入）」という単語を思い浮かべただけで、本村の全身は水から上がった犬みたいにぶるぶる震える。

混入を避けるため、種採りのまえには机上を念入りに掃除するし、松田研究室の面々で爪をのばしているものはいない。

飾り気のない爪は、理学部B号館二階の栽培室に籠もり、長机に向かってひたすら種を採る自分を象徴するようだ。本村は思わずため息をついた。

シロイヌナズナはこんなにたくさん、次代へと命を継ぐ種を生みだしているのに。シロイヌナズナを交配させた当の私はというと、かわいらしいネイルアートをしてもらうでもなく、一般的には「無味乾燥」と表現されそうな日々を送っている。いえ、いいんだけど。どうしてもネイルをしたいわけじゃないし、研究に打ちこむ毎日は、私にとってはまったく無味乾燥ではないのだけれど。でも、ただただ種を採っていると、過度な集中力がかえって余計な想念を呼ぶというか、「なにしてんだろ、私」とあせりと迷いが生じるというか……。

気がついたら本村は、「ふっふっふっ」と一人で声を出して笑っていた。ここ数日、せっせと種を採りつづけていたせいで、やっぱりちょっとおかしくなっていたのだろう。

なにしろシロイヌナズナは成長が速く、発芽《はつが》から種採りまでのサイクルが二カ月ほどと短い。多少の時間差をもうけて発芽させても、今日はこっちの株、明日はあっちの株と、どんどん種採りの頃合いになる。めまぐるしいことこのうえない。しかも、極小の種を相手にしていると、眼精疲労と岩盤のごとき肩凝りのせいで、頭に血がまわりにくくなってくる。妙な精神状態に陥るのも当然である。

おかしくもないのに、「ふっふっふっ」と笑い声を栽培室に響かせていたら、

「大丈夫？」

と声をかけられた。びっくりして振り返ると、ドアが細く開いていて、隙間から岩間が顔の半分だけ覗かせている。

「大丈夫です」

本村はあわてて答えた。「ここ、使いますか？」

「ううん。もうお昼なのに研究室に戻ってこないから、様子を見にきたんだけど……」

そう言いつつも、岩間は栽培室に入ってこようとしない。ドアの隙間から、おそるおそるといったふうに本村をうかがうばかりだ。

「いま、笑ってたよね？」

「笑ってません」

本村はぶぶぶと首を振った。

「うそ、笑ってたよ。なんか不気味な声が廊下まで漏れてた」

怯える岩間を安心させるために、

「休憩しようかな」

と本村は強いて明るい声で言った。ピンセットを筆箱にしまい、種を収めたエッペンチューブの蓋《ふた》を閉める。

「そうそう、それがいい。お弁当食べよう」

岩間はホッとしたようにうなずき、ドアを大きく開けた。「朝からずっと籠もりきりで、おなかすいたでしょ」

気づかってくれる先輩の存在をありがたく思いながら、本村は二階の栽培室を出て、岩間とともに三階の松田研究室へ戻った。

研究室では川井と加藤が、大机に向かってカップラーメンを食べていた。吸引力が売りの掃除機みたいな勢いで麺を吸いこんでいる。しかも二個ずつ食すつもりらしく、湯を注《そそ》がれた待機状態のカップラーメンが、二人の手もとにそれぞれ置いてあった。秋は着々と終わりに近づいているというのに、大変な食欲だ。

衝立の奥に気配はなかった。松田は学食にでも行ったのだろう。あるいは、諸岡と弁当を食べているのかもしれない。本村は以前、松田と諸岡がY田講堂まえの芝生広場で、仲良く弁当を広げているのを目撃したことがある。声をかけたら、「諸岡先生の奥さまが作ってくださいました」と、松田はうれしそうに言った。愛妻弁当のご相伴にあずかる男。謎である。当の松田が既婚者なのかどうかも、本村たちは知らない。

本村はヤカンで湯を沸かし直し、岩間のためにコーヒーを、自分のために緑茶をいれた。持参した手作り弁当を大机に広げ、「いただきます」と箸を取る。岩間も隣で、コンビニのサンドイッチを食べはじめた。

向かいの川井と加藤が、二個目のカップラーメンに取りかかる。あいかわらず「ずぞぞーっ」と激しく麺を吸引しながら、

「どう、調子は」

と、川井が尋ねてくる。器用だ。

「まだ半分も採れてないです」

「目標は千二百粒でしたっけ？」

加藤も麺を吸引しつつ、「うぎゃー」という表情になった。器用だ。

「本村さんは細かい作業に向いてるからいいですけど、俺には無理だなあ。そもそも、そこまでして目的の四重変異体が不稔《ふねん》だったら、どうするんですか？」

不稔とは、種ができないことだ。変異株同士を掛けあわせると、そういう株ができるケースもしばしばある。

そうだ、不稔という可能性も考慮に入れなければならなかった。本村は、「がびーん」という文字が百個ぐらい頭に落ちてきたような気持ちになった。

「縁起でもないこと言わないの」

と、岩間が加藤をたしなめる。

「すみません。でも、千二百粒のなかにいくつ四重変異体の種があるかだって、ほとんどクジ運が重要になってくるような領域じゃないですか」

「だから、なんでそういうこと言うのよ」

岩間が怒り、「まあまあ」と川井がなだめる。本村は頭に乗った百個ぶんの「がびーん」という文字の重みで、床にめりこみそうな気持ちになった。自慢ではないが、本村のクジ運は悪い。商店街の福引きでも、参加賞の飴玉《あめだま》しか当たったことがない。

「すみません、すみません」

しょんぼりした本村を見て、「しまった」と思ったらしい。加藤は怒濤《どとう》のようにフォローの言葉を繰りだしてきた。

「いや、おもしろい実験だと思ってるのはほんとなんです。千二百株もシロイヌナズナを育てるのは大変でしょうから、種を播く段階になったら手伝いますよ。ほら俺、植物を育てるの得意なんで」

「私も手伝うから、遠慮なく言って」

ハムサンドをかじりながら、岩間も申し出てくれた。

「僕は加藤くんとちがって、細かい作業もわりと好きだ」

と、川井が冗談めかして言った。「種採りだって、本村さん一人でやろうとしなくていいんだよ。実験はスピードも大切だからね」

「ありがとうございます」

加藤、岩間、川井に口々に励まされ、本村は少し気持ちが前向きになった。

本村の本日の弁当のおかずは、ウインナーに塩コショウを振って焼いたものと、ホウレン草と溶き卵を塩コショウで炒めたものである。味に大差ないうえに油っこいが、ちゃんと健康のことを考えて、白米にかけるためのゴマを持ってきた。

本村は弁当袋を探り、ラップで包んだゴマを出した。ところが、ラップが妙な具合にくっついており、ゴマの半分ぐらいを白米ではなく大机にばらまいてしまった。

大机に点々とちらばった黒ゴマを見て、

「コンタミ！」

と本村は叫んだ。必死になって落ちたゴマを拾い集める。

「落ち着いて、本村さん」

と岩間が言った。「それはシロイヌナズナの種じゃなく、ゴマよ」

「コンタミしようがないほど、ゴマのほうがでかいですから」

と、加藤も冷静な指摘をした。

我に返った本村は、自分が怖くなった。種採りに熱中しすぎたせいで、黒くて小さな粒に即座に反応する体になってしまったようだ。

「ごめんなさい。私、少し変みたいで」

本村は赤面し、弁当を食べた。拾ったゴマは迷ったすえ、もったいないので白米にかけた。床に落ちたわけではないから、まあいいだろうと判断した。

「少しじゃなく、かなり変ですよ」

加藤がカップラーメンの汁を飲む。

「でも、気持ちはわかる」

と岩間がため息をつく。「植物の研究やってて、種採りしたことあるひとは、ほとんどみんな経験してると思う。『ぎゃーっ、なにもかもが種に見える！　コンタミ注意！』って状態になっちゃうんだよねえ」

「お昼を食べたら、少し散歩でもしてくるといいよ」

擬似コンタミ騒動を黙って見ていた川井が、穏やかに提案した。「ちゃんと気分転換するのも大事だ。そのほうが、結局は集中力を取り戻せてはかどるから」

理学部B号館を出た本村は、深呼吸して空を見上げる。黄色い葉をつけたイチョウの梢《こずえ》が視界に入ってきた。その向こうに、薄い灰色の雲が広がっている。肺に取りこんだ空気は澄んで冷たい。

T大構内のあちこちに植えられ、大きく育ったイチョウの木。それらはいつのまにか葉の色を変え、立ちのぼる黄金の炎のような姿になっていた。本村は毎日、イチョウの木々のもとを通っていたが、種採りで頭がいっぱいだったばかりに、季節の移ろいにまるで気づけていなかったのだ。

川井さんの言うとおりだった。私はすぐ、ひとつのことに没頭しすぎて、視野が狭くなってしまうのがいけない。イモ掘りのときにも、「観察力を磨かなければ」と反省したのに。

よし、今日からはちゃんと気分転換するぞ。決意した本村は、T大構内を散策すべく早足で歩きだした。カーディガンのうえに薄手のジャンパーを引っかけただけだったので、少し寒かった。でもまあ、体を動かしていれば問題あるまい。いま、なによりも優先すべきは気分転換なのだからと、本村は脇目もふらず前進した。

気分転換ですらも決意して行うあたりが、本村の生真面目さというか融通の利かなさである。本村の進撃を目撃した学生たちは、「どうしたんだろう、大事な講義に遅刻しそうなのかな」といぶかしんだほどだった。

もちろん本村自身は、親の仇《かたき》を取るがごとき表情と勢いになっているとは、露ほども思っていない。医学部棟の脇を通りすぎ、角を曲がってグラウンドの横手まで順調に歩を進めた。なにしろ広いキャンパスなので、そのころには頬がほてり、指さきもあたたまっていた。

本村の右手に位置するグラウンドでは、十人ほどの学生が黙々とジョギングをしている。左手に目を転じると、こんもりと繁った緑の森が見える。夏目漱石の小説で有名な池を取り囲む森だ。

窪地の底にある池を目指し、本村は急な坂道を下りた。この道は舗装されていない、獣道のようなものだ。巨大な木々に頭上を覆われ、都心のキャンパス内でちょっとした冒険気分を味わえる。

本村は運動全般が苦手だと自覚しているので、木の根につまずいて坂を転がり落ちないよう、慎重に足を運んだ。

池のほとりに下り立つ。造園業者だろうか、三人の男性が作業をしていた。一人は斜面で笹《ささ》の茂みを刈り、残りの二人は腿《もも》まで水に浸かった状態で、池に落ちた大量の枯れ葉をザルですくっていた。ゴム製のエプロンと長靴が一体化したような防水服を着用し、一抱えもある竹製のザルを器用に操っている。

しかし、池は大きい。自然がそのまま残っているかのような景観を保つために、人知れず手入れをする業者の努力を思うと、本村はまたも気が遠くなってきた。

砂浜に壮大で華麗な絵を描こうとしても、描くはしから波や風が砂をさらっていってしまうように。顕微鏡で細胞を調べるのも、池の落ち葉をすくうのも、いつ終わるとも知れぬ行いだ。完了したと一瞬思ったとしても、それは幻。次から次へと、また細胞を調べ、落ち葉をすくわねばならない状況が訪れる。

どんな仕事も、ひとの営みも、明確な完成がないという点では同じだなと本村は思う。たとえばだれかを愛する気持ちも、積み重ねても積み重ねても完成ということはなく、それどころかもろく崩れ、移ろうときがいずれ来るものだろう。たぶん。

本村は恋愛的な方面における愛は棚上げにしている身なので、あまりえらそうなことは言えないが、これまでの観察と仄聞《そくぶん》するところによって、愛の永遠性と堅牢さを即座に信じるのは無邪気にすぎる、という程度のことはわかっている。

仕事も、研究も、愛も、それらを行う人々も、いまこの瞬間にすべて消え去ってしまったとしたら。本村は不穏なことを考えた。残るのはいったいなんだろう。たぶん、植物だ。人間の基準でいう意思も愛も持たぬ植物が、ただただ生命力を迸《ほとばし》らせ、すべてを呑みつくしていく。

降り積もりつづけ、ついに池を埋もれさせる落ち葉。アスファルトを突き破り、くねってのびる無数の根。理学部B号館を、Y田講堂を、覆い搦《から》めとっていく太い枝々。

その想像は、おそろしくもありうつくしくもあった。無人の大学を、街を、地球上を、愛を知らぬ植物が緑で席巻していく。そんな光景を脳裏に思い描き、本村は陶然とため息をつく。

ヒヨドリが鋭く鳴いて、近くの枝から飛び立った。夢想を破られた本村の眼前で、造園業者はまだ作業をつづけている。笹を刈る機械のモーターがまわる音。リズミカルにザルを動かす手。

たとえ終わりがなく、はかない行いだったとしても。だから無駄だ、ということにはならない。本村はそう思い直す。どんな仕事も、研究も、愛も。植物が愚直に光を求めて生きるように、人間もひとに生まれたからには、せずにはいられないのだ。一見、無駄なようにも思える、ありとあらゆる行いを。

研究しようっと。本村は再び歩きだした。だって私にとっては、それがすごく楽しいことなんだもの。変かもしれないけれど、顕微鏡で細胞を見ていると、「おお、植物も私も生きてるんだなあ」って実感できるんだもの。しょうがない。せずにはいられないんだから、やるしかない。シロイヌナズナがたくさん種をつけて、私を待っている！

と擬人化するのもよくない癖で、植物に「だれかを待つ」などという考えはないわけだけど、私は「待たれている」ように感じてしまう人間なので、とにかく種を採ろう。

本村は池をまわりこみ、来たときとはべつの斜面を登りはじめた。こちらの坂も獣道状態だ。やっと登りきり、図書館のあたりに出たときには、少し息が切れていた。まだ二十代なのに運動不足が深刻だ。これからは散歩を日課にしよう。

本郷通りが近いので、車の音がかすかに聞こえる。本村は呼吸を整えつつ、理学部

B号館を目指してキャンパス内の道を歩いた。そういえば、このあたりに植えられたイチョウが、変わった葉っぱをつけるのだった。道の脇に寄り、イチョウの根もとに目を凝らす。

「あった！」

本村はかがみこみ、黄色くなって地面に落ちたイチョウの葉を拾う。

ふつう、イチョウの葉は扇を広げたような形をしているものだが、その葉はちがった。ラッパのように丸まっているのだ。継ぎ目もなく、完全な円錐形だ。黄金色なこともあいまって、「これは小人が落とした小さなラッパで、そっと息を吹きこんだら、本当に音が鳴るんじゃないかしら」などと空想が広がる。

T大構内にたくさんあるイチョウのなかで、この場所に植わった木の、一部の葉だけがなぜかラッパ状になる。ちゃんと調べたわけではないが、たぶん葉の遺伝子になんらかの変異が生じているのだろう。

本村はラッパイチョウの存在を、去年松田に教えてもらった。本村が調べものを終えて図書館から出たら、松田が地面に這いつくばっていたのだ。道行く学生たちが、怯えたように松田をよけて通っていた。本村も素知らぬ顔をしたかったのだが、指導を受けている教授に対して、それはあまりに無礼かと思い、勇気を出して声をかけた。

「先生、コンタクトでも落とされましたか?」

松田は本村を振り仰ぎ、

「眼鏡をかけているのにですか」

と真剣な表情で言った。

「すみません。では、なにを……」

「ここをご覧ください」

と松田は手招きし、イチョウの根もとを視線で示す。人目が気になったが、本村も松田の隣に膝《ひざ》をついた。

特段めずらしくもないイチョウの葉が地面を覆い、黄色い絨毯《じゅうたん》を敷いたようになっている。どこを見ればいいんだろう、と本村が困惑していると、松田が絨毯のなかから、ひとつの葉をつまみあげた。

それが、ラッパイチョウだった。

「わあ!」

と本村は驚きの声を上げた。

「大勢が行き交っているのに、だれも気づいていません」

松田はマジックが成功した手品師のような微笑を浮かべ、本村の手にラッパ型の葉を載せた。「植物にはたくさんの不思議があることに」

先生も植物に負けず劣らず不思議な存在だ、とそのとき本村は思った。

松田はインドア派で、学会へ出かけるとき以外は、ほとんど理学部B号館に籠もっている。だが、研究者としてのセンスと発想力は無尽蔵と言ってよく、斬新な実験を行って精力的に論文にまとめたり、行き詰まった院生に的確な助言を与えたりする。さらには、T大構内や通勤途中の道端に生えている植物のなかから、変わった形状のものを見つけるのも大の得意だ。

T大近くの民家の庭先で、変わった葉を持つ椿《つばき》を発見したのも松田である。生垣の隙間から、じーっと庭を覗いていたものだから、巡回中の警察官にもう少しで連行されるところだったらしいが。その家の住人と警察官に必死に事情を説明し、件の椿を調べたら、江戸時代に珍重されたものの、第二次世界大戦中に絶えてしまったと思われていた品種だと判明した。

住人は驚き喜んで、松田に椿を託してくれた。松田は「緑の指」ぶりをいかんなく発揮し、椿の株を増やして住人に戻した。もちろん研究材料として、T大の植物園にも植えた。貴重な品種が、後世に生きのびることになったのだ。

いったい、松田先生の目と脳はどうなっているんだろう。植物のためだけに存在するみたいに、鋭く反応する目となめらかに回転する脳だ。本村もそうありたいと願っているが、当然ながら、松田の境地には到底追いつけない。

そんなことを思いつつ、拾ったラッパイチョウをしゃがんだまま眺めていたら、

「本村さーん」

と呼ぶものがいる。円服亭の藤丸だ。理学部B号館のほうから、いつもの自転車を引いて歩いてくる。

「こんにちは」

本村は立ちあがった。「どこかの研究室に配達ですか」

「いえ、松田研究室とおイモの先生の研究室に、スイートポテトを届けてきたところです」

藤丸は自転車を停め、後部にぶらさがった銀色の箱から、小ぶりの紙包みを取りだした。「これは本村さんのぶん」

本村はラッパイチョウを持ったまま、包みを受け取った。礼を言って、そっと紙を開いてみる。スイートポテトが五つ、ラップにくるまれて並んでいた。つやつやした金色のお菓子は、とてもおいしそうだ。

「ありがとうございます」

と、本村はもう一度言った。藤丸は照れくさそうに、体の重心を右足から左足に移した。

「サツマイモが食べごろになったんで、大量に作ったんすよ。円服亭でデザートに出したら好評で、大将がみなさんにお礼しろって。おイモの先生の研究室には、何人いるのかわかんなかったから、タッパーにぎっしり詰めて持っていきました」

「諸岡先生、喜んでらしたでしょう」

「そうすね。作った甲斐がありました」

しばし沈黙が落ちた。藤丸が体の重心を左足から右足に移した。

「あのー、松田研究室で聞いたら、本村さんは散歩に出たって。そしたら松田先生が、『散歩なら、図書館のあたりにいるでしょう』って教えてくれて。それで俺、円服亭に帰るついでに、ちょっと寄ってみたんです」

「そうでしたか」

「いえ、その、ストーカーとかじゃなくて、本村さんのぶんのスイートポテトを、研究室のひとが受け取ってくれなかったんすよ。『直接渡せばいいじゃない』って、岩間さんとか、自分のぶんをさきにばくばく食べはじめちゃって」

「すみません、私の間が悪くて、お手数をかけてしまったみたいで」

「いえいえいえ、ちっとも。帰るついで。ついでですから」

藤丸は首と手を振るだけにとどまらず、重心の乗せどころがわからなくなったみたいに足をもじもじさせた。

「あのー」

と、また藤丸が言った。「こんなとこにしゃがんで、なにしてたんすか?」

「これを探していました」

本村は持っていたラッパイチョウを差しだした。藤丸は、「ふひゃあ」と妙な声を上げ、おそるおそるといったふうに葉っぱをつまんだ。

「なんだこれ。イチョウの葉っぱですよね。こんな形、はじめて見たなあ」

ためつすがめつ、いろんな角度から、丸まった葉を眺めている。

「ここにある木にだけ、なぜかそういう葉っぱがつくんです」

「へえ。妖精が吹くラッパみたいっすね」

そう言った直後、藤丸は「しまった」という表情になった。「あー、いまのナシで。ガキくさいこと言いました」

本村は唐突に胸が熱くなった。強いて言葉にすれば、それは「感激」だった。

「いいえ」

本村は首を振った。「いいえ、私もその葉を見ると、いつもそう思います」

植物の不思議をまえにして、本村と藤丸は似たような空想をした。不思議だなという気持ちを分けあえたのだ。藤丸の言葉からそれが伝わってきて、本村は感激したのだった。一瞬かもしれなくても、なにかがたしかに結びあったのだと感じられ、うれしかった。

本村が顕微鏡を覗いていて、変わった形の細胞を見つけ、「おや」と思う瞬間も。たぶん松田が、生垣越しに椿を発見した瞬間も。いま、本村が藤丸とのあいだで感受した共感と似た、電撃のような喜びの衝撃が走る。

それがあるから、研究をやめられない。

それがあるから、ひととして生きるのをやめられない。

「よかった」

と藤丸は笑い、かたわらに立つイチョウの大木を見上げた。「見たところ、どの葉っぱもふつうの形みたいですけどねえ」

「ラッパ型の葉をつけるのは、たぶんうえのほうの枝なんだと思います。だから、黄色くなって落ちてくるまでわからない」

ふんふんと藤丸はうなずき、本村に向き直った。

「いま、研究はどんな感じすか？」

「シロイヌナズナの種を採っています。千二百粒ほど採る予定です」

「千二百⁉」

「それが終わったら、一粒ずつ爪楊枝《つまようじ》のさきにくっつけて、播いていかなければなりません」

藤丸は「ええっ」とたじろいでいたが、先行きを思って本村が悲壮な表情になったことに気づいたのだろう。

「ちょっと甘いものでも食べたほうがいいすよ」

と持ちかけてきた。「難しいことはわかんないですけど、話を聞くぐらいならできますから」

甘いものって？　と首をかしげた本村は、手にした紙包みに思いいたった。さきほど目にした、つやつやしたスイートポテト。途端に食欲を刺激され、おやつ休憩を取ることに同意する。

二人は道端のベンチに並んで腰を下ろした。ラッパイチョウの木からは少しの距離だったが、藤丸は律儀に自転車を移動させ、通行の邪魔にならぬ位置に停め直した。

「銀杏《ぎんなん》のにおいがしなくてよかったですね」

と藤丸は言った。

「このへんにあるのは、雄株《おかぶ》ばかりなんでしょう。赤門からつづくイチョウ並木のあたりでは、近所のかたが早朝に銀杏を拾ってるみたいですよ」

「それか！」

と藤丸が叫ぶ。「いや、常連のクリーニング店のおばちゃんが、このごろ畳んだレジ袋を持って、俺が店のまえを掃除してる時間帯に出かけていくんですよ。『どこ行くんすか』って聞いても、『ううん、ちょっと』としか言わなくて、犬もいないのになんでレジ袋を持ってんだろ、変だなと思ってたんすけど。おばちゃん、銀杏を独り占めするつもりだったんだな」

藤丸さんは近所のひととも仲良しなんだ、と本村は思う。少しうらやましかった。本村は研究優先で、会社で働く友だちともなかなか会えないし、アパートにも夜に帰って寝るだけだから、住人同士の交流などほとんどない。

膝に載せた紙包みを広げ、藤丸に差しだす。

「俺はいいです。味見でいっぱい食ったから」

とのことだったので、本村は遠慮なくラップのなかからスイートポテトをひとつ取った。

藤丸特製のスイートポテトは、とてもおいしかった。口のなかでやわらかくほどけ、粘膜に控えめな甘さが染み入る。バターと生クリームの配合が絶妙なためだろうか、なめらかさと満足感も充分だ。

優しい味だ、と本村は思ったが、テレビの食レポのように流暢《りゅうちょう》に表現するのは、性格上、無理だった。黙ってひたすらもぐもぐしていたら、

「なにか飲み物買ってきましょうか？」

と藤丸に気をつかわせてしまった。

「いえ、大丈夫です。おいしいです」

本村は二個目を取りだし、このままではすべて食べつくしてしまいそうだったので、もう片方の手で残りを包み直した。藤丸はまだ持っていたラッパイチョウの葉を眺め、なにか考えているようだ。

「千二百粒も種を集めて、なにを調べるんですか」

「詳しい説明は省きますが、葉っぱがどんどん大きくなる仕組みが少しわかればいいなと期待してます。うまくいけば、シロイヌナズナの葉が巨大になるんじゃないかなあと」

「へえ。じゃあいつか、人間用の楽器ぐらい大きな、ラッパ型のイチョウの葉もできるかもしれないんですね」

「どうでしょうか。すべての葉っぱをそんなに大きくしてしまったら、落ち葉の季節は危なくてたまりません」

「たしかに。看板みたいな葉っぱがドカドカ落ちてきたら、いくら軽いもんだといってもいやっすよね」

二人は笑いあった。

スイートポテトを二つ食べ終えた本村は、「藤丸さん」と呼びかける。

「なんだか私、大量の種を採っていると、妙な気持ちになってくるんです」

「妙なって？」

「わーっと叫びたいような……。私が研究に使おうとしてるのも知らず、シロイヌナズナはこんなにたくさん種をつけるんだなと思うと、なんとなくうしろめたいというか……」

「それは考えすぎじゃないすか」

藤丸は指さきでつまみ持ったラッパイチョウを、こよりを作るみたいにくるくる回転させた。「俺たちだって、なんで生まれたのかよくわかんないまま、飯食ったり寝たりだれかを好きになったりしてますよ。シロイヌナズナも、生まれたから生きて繁殖してるんでしょう。採った種をちゃんと育てて調べれば、それでいいんじゃないかと思うっす」

「そういうものでしょうか」

「たぶん。本村さんの目的とか、シロイヌナズナは気にしてないすよ。俺も店の厨房で魚とか野菜とか見て、よく思うんです。『ああ、こいつらはこいつらの世界で、がんばって生きてたんだなあ。絶対うまい料理にして、お客さんに喜んでもらわないとな』って」

「そっか……」

本村は膝に置いた紙包みに視線を落とした。種採りでずっと根を詰めていたのが、スイートポテトみたいにほぐれ、少し気持ちが楽になっていた。

「それにしても、シロイヌナズナってすごいすね」

藤丸は後頭部を掻《か》きながら、話題をやや転じた。本村を元気づけようと一生懸命しゃべったのが、いまになって恥ずかしくなったからだが、本村はそのあたりの男心に疎《うと》い。「どういうところがですか」と真剣に問い返した。

「いえ、あんなちっちゃいのに千二百粒も種が採れるなんて、放っておいたら地球の植物が全部シロイヌナズナになっちゃいそうじゃないすか」

「ひとつの実から採れる種は、三十粒ほどですが」

「それだって、人間だったらものすごい子だくさんでしょう。最強の繁殖力すよ。やっぱり植物の世界でも、モテって大事なのかなあ」

最後はぼやきがまじっていたが、本村はすでに、ろくろく聞いていなかった。藤丸の言葉をさえぎるように、

「そこです！」

と叫び、

「え、どこすか」

と藤丸をあわてさせる。

「藤丸さん。私は以前、『葉っぱの形や生えかたに興味を覚えて、研究している』と言いましたよね」

「はい」

「でも、そういうことを考えだしたのは大学のころからで、最初に植物に興味を抱いたのは、実は小学生のときなんです」

「はあ。子どものころから植物が好きだったんすね」

「好きは好きでしたけど……。あの……、小学校で性教育の時間がありましたよね」

本村が「性教育」の部分だけ小声になったので、藤丸は聞き取ろうとしたのか体を傾け、次の瞬間、しゃんと背筋をのばした。

「あったすね」

「そのとき、花の断面図が使われませんでしたか？　めしべにおしべの花粉がついて、受粉が成立する、って」

「そうだったかなあ。よく覚えてないすけど」

「私が通ってた小学校は、そうだったんです。『人間も同じように、女性の卵子に男性の精子がくっついて、赤ちゃんができます』と先生が説明してくれたんですが、私にはまったく意味がわからなくて」

本村は「精子」という部分も、心もち小声で発した。藤丸は今度は、竹みたいに背筋を硬直させたままだった。なんの話がはじまったんだと、藤丸の全身から晩秋にふさわしからぬ量の汗が噴きだしていたのだが、本村はもちろんそんな様子には気づかず、つづきをしゃべった。

「だって人間には、おしべもめしべもないじゃないですか」

「いや、ある気がするっすけど……」

「ああいう形状ではないじゃないですか。だから、『いったいどうやって精子を卵子に付着させるんだろう』とずっと疑問で、一年後ぐらいに真相を察したときには、

『そうかー！』って叫びました」

「そ、そうすか」

「藤丸さんはそういう疑問、なかったですか」

本村は期待をこめて隣に座る藤丸を見たのだが、

「いや、ないですね」

と顔を赤くした藤丸がきっぱり答えたので、ちょっとがっかりした。最前の共感をもう一度味わいたくて、本村にしてはめずらしく心を開いて語ったのだが、失敗だった。

なんて話題を振ってしまったのだろうと本村は急にいたたまれなくなり、早口で会話を収束に向かわせる戦法を採った。

「とにかくそれがきっかけで、植物に興味を持つようになりました。人間と似ているようでちがう、植物の繁殖や成長や生きかたに」

「うーん」

と藤丸はうなった。「俺はどっちかというと、人間の繁殖のほうに興味を持った派なんで。ていうか、大半のひとはそうなんじゃないかなという気がするんすけど」

「そういうものですか……」

やっぱり自分はおかしいのだろうかと、本村は心もとない気持ちになった。「シロイヌナズナを交配させていると、人間も植物みたいだったらいいのにと思うことがあります。めしべに花粉がついて、実を結ぶ」

「恋とか愛とか関係なく？」

そう問われ、本村ははっとした。無神経なことを言ってしまったかと反省したのだが、藤丸は案に相違して穏やかな目で本村を見ていた。

「植物はその……、気持ちいいんですかね」

と藤丸は言った。「めしべに花粉がくっついたときとか」

「神経がないですから、気持ちいいとか悪いとか、そういう感覚自体がないんじゃないかと思います」

「ふうん」

藤丸は「冷えてきましたね」とベンチから立ちあがり、自転車を引いて歩きだした。本村も隣に並ぶ。

二人はゆっくり歩き、赤門のまえまで来た。

「この葉っぱ、もらってもいいですか」

藤丸は、指に挟んでいたラッパイチョウを軽く揺らした。

「はい、どうぞ」

「本村さん。俺はやっぱり人間でよかったと思います。だって気持ちいいでしょ」

見たことのない顔で藤丸が笑ったので、今度は本村が赤門にも負けないほど赤面する番となった。

「でも、葉っぱの秘密は俺も知りたいから、研究を応援してるっす」

藤丸は自転車にまたがり、ペダルに片足を載せた。「円服亭にも、またみなさんで食べにきてください」

あっというまに遠ざかっていく藤丸の背中を、本村は見送った。それからスイートポテトの紙包みを手に、理学部B号館へと歩きだした。

ひとは植物にはなれない。でも、ひとであるからこそ、植物を知ることも、研究に情熱を燃やすことも、スイートポテトを味わうこともできる。

まだ熱を持った頬に、冬の気配の濃い風が心地よく感じられた。

三章

次々に咲くシロイヌナズナの花に追いたてられるように、種採《たねと》りを繰り返すマシンと化していた本村《もとむら》だったが、千二百粒をなんとか採り終えたところで作業は一時中断となった。

十二月に入り、研究室のイベントごとが多くなってきたからだ。

まず、毎年恒例の「学生実習」が行われた。T大理学部の学部生は、四年生になると「卒業研究」をしなければならない。これは文系分野でいうところの、卒業論文のようなものだ。ただ、いきなり実験しろと言われてできるひとはいないので、学部の三年生の段階で学生実習がある。三年生が各研究室に赴《おもむ》き、どうやって実験すればいいのか、結果をどのようにレポートにまとめればいいのか、実地で学ぶのだ。

学部三年生を迎え入れる研究室側としても、学生実習は大切な行事だ。ここで学生のハートをキャッチできれば、四年生になったとき、「卒業研究はぜひ、この研究室でやりたい」と思ってもらえる。それはすなわち、「大学院に進みたい」という優秀な研究者の卵をゲットすることにもつながる、絶好のチャンスなのである。

一応、「少数精鋭」ということになっている松田《まつだ》研究室だが、研究室の面々の本心は、「もっと学生や院生が来ないかなあ」だ。研究室の人員が増えればそのぶん、各々の得意なテクニックを駆使することで、協力して研究を進められる。たとえば、細かい作業を厭《いと》わない本村が交配を受け持ったり、細胞を透明化する手法に長《た》けた加《か》藤《とう》に助力を請うたり、といったように。実験の全工程をたった一人でやるのは大変なので、ここは是が非でも複数名の新入りを求めたいところだった。

しかしなによりも、人数がいたほうが楽しい。一番年下の加藤はいつも、「後輩が欲しいんですよ！」と訴えている。

「だって今年のソフトボール大会でも、松田・諸岡《もろおか》合同チームはボロ負けだったじゃないですか」

大学院の生物科学専攻では、親睦を深めるため、「研究室対抗ソフトボール大会」を毎年秋に開催している。だが、松田研究室は現在、教授の松田賢三郎《けんざぶろう》を含めて五人しかいない。しかもそのなかで、暗に戦力外通告を受けているものが二人いる。インドア派で鳴らす松田と、筋金入りの運動音痴である本村だ。

人数的にも実力的にもチームの体《てい》をなさないので、松田研究室はお隣の諸岡研究室と合体し、ソフトボール大会に臨んだのだった。

「諸岡先生の俊足ぶり、何度見ても意外だよね」

と、ポスドクの岩間《いわま》が言う。

「本当に、ボールを打った次の瞬間には、陣地にいますものね」

諸岡の勇姿を思い起こし、本村も感嘆を新たにした。ちなみに「陣地」とは一塁ベースのことで、本村はスポーツの実践のみならず知識に関しても非常に心もとないのである。

コーヒーを飲みながら、惨敗に終わった秋のソフトボール大会の思い出を語りあう。松田研究室の面々はいま、研究室の大机を囲み、午後の休憩を取っているところだ。

「定年間近な諸岡先生をがんばらせて、恥ずかしくないんですか」

加藤はおかんむりだ。「次の日、先生は膝《ひざ》が痛いって言ってましたよ。なのに岩間さんと川井《かわい》さんは無安打かつ外野でボーッとするばかり。本村さんはボーッとベンチをあたためるばかり。松田先生にいたっては、途中からグラウンドの隅っこで草を観察しはじめてたじゃないですか」

「ごめんね、一生懸命応援してたつもりなんだけど」

「『草』などと漠然とした言いかたはよくありません。ヤグラオオバコが立派に育っていたので、眺めていたまでです」

本村と松田は控えめに反論し、

「そう言う加藤くんだって、トンネルしてたでしょ」

と岩間は明確に反撃した。

「一度だけですよ。それに俺は、三打数二安打ですからね」

加藤は得意げに小鼻をふくらませたが、本村には「サンダ吸うニャンだ」としか聞こえず、なんのことやらわからなかった。

「とにかく俺は、諸岡研究室のみなさんにおんぶに抱っこなこの状況から、脱却したいんですよ。来年のソフトボール大会で、松田研究室悲願の一勝を挙げたいんですよ！」

「そのためには」

と、川井がはじめて口を開いた。「明日からはじまる学生実習が大切だ。みんな笑顔で、親切に、三年生に実験を教えてあげること」

「はーい」

と答えつつ、本村たちは松田をうかがった。松田研究室が精力的に実験に取り組み、実績もちゃんと上げているにもかかわらず、いまいち学生受けが悪く、院生の数が少ない原因。それは教授の松田にあるのではないか、とみんな薄々思っていたからだ。

いや、松田は研究者としても教員としても秀でており、人格面でもなにも問題はない。研究室のメンバーは松田のもとでのびのびと各自の研究に打ちこんでいるし、人間関係も円滑そのもので、居心地のいい雰囲気だ。

にもかかわらず、学部生が松田研究室をなんとなく遠巻きにする素振《そぶ》りを見せるのは、ずばり、松田の雰囲気が陰鬱《いんうつ》なためではないか。

本村ははじめて松田に会ったとき、「死神みたい」と思った。円服亭《えんぷくてい》の藤丸《ふじまる》は、「殺し屋みたい」と形容した。死神や殺し屋にたとえられる大学教授。たしかに松田は、あまり日に当たらないので青白く、眉間にはだいたい深い皺《しわ》が刻まれている。次のターゲットをだれにするか思案しているからではなく、単に目が悪いからなのだが、「どの研究室で卒業研究をしようかな」と希望に燃えた学部生が松田を見て、「不吉……」と敬遠しがちになるのももっともだ。

「学生実習で好印象を抱いてもらえれば」

と川井はつづけた。「松田研究室で卒業研究をしようという四年生も増えるし、院に進学するひともうちを選んでくれるようになる。そうしたら、ソフトボール大会に松田研究室単体でチーム登録することも可能だ」

本村たちは気合い充分でうなずき、また松田をうかがった。松田はいつもと変わらぬ様子でコーヒーを飲んでいる。

互いに視線で発言を譲りあったのち、覚悟を決めたのか岩間が、「先生」と呼びかけた。

「ずっと気になってたんですけど、先生はなぜ毎日、黒いスーツを着てらっしゃるんですか」

松田はコーヒーカップを大机に置き、

「喪服です」

と言った。

「え？」「松田先生は僕が研究室に来たときから、常に黒いスーツだが……」「そんなに長期間、喪に服しつづけるなんて、どういうご事情なんでしょうか」「松田一族、死に絶えちゃってるのでは」など、本村たちは動揺して囁きあった。

「というのは冗談で」

と松田はつけ加える。

「なんでそういうくだらない冗談言うんですか」

食ってかかる岩間を「まあまあ」と川井がなだめ、一同は松田の言葉のつづきを待った。

「服を選ぶのが面倒だからです。『黒いスーツにする』と決めておけば、身仕度の時間や買い物で迷う時間を節約でき、そのぶん研究や講義の準備にあてられますから」

「スティーブ・ジョブズか……！」

一同のあいだに再び動揺が走った。植物の研究のために、衣食住のうち「衣」にまつわる喜びを放棄したとは。

「じゃあ、先生のクローゼットには、黒いスーツと白いワイシャツばっかり、ずらーっと並んでるんですか」

加藤がおそるおそるといったふうに尋ねた。

「『ずらーっ』というほど数はないですが、まあそうですね。夏用冬用の黒いスーツが何着かずつと、冠婚葬祭用のネクタイが白と黒一本ずつと……。ワイシャツは洗濯が追いつかなくなったときのために、十枚ほどはあります」

「シマウマのクローゼットか？」

と加藤がつぶやき、岩間に「黙って」と叱られている。

本村としては、信じがたい思いだ。本村も着道楽ではまったくないが、それでも、服を買うのも着るのも好きだ。季節や実験内容などに合わせて、「今日はこの柄のTシャツにしよう」と選ぶのが、研究一色の日々のなかでの楽しみだと言っていい。

面倒だからという理由で黒と白の服しか持たず、すべてを研究に捧げているらしい松田。壮絶というか、やっぱり先生は変人だ、と一同は再認識した。

「もし、先生が色味のある服をお持ちだったら」

岩間は半ば諦めを含んだ口調だった。「明日の学生実習のときに着てきてほしいんです」

「探してみましょう。しかし、なぜですか？」

いや、その……、と一同は口ごもった。純粋に怪訝《けげん》そうな松田に向かって、黒スーツだと死神みたいで不吉さが強調されるからです、とは言えなかった。

「とにかくみんな、笑顔で、親切に」

スーパーマーケットの従業員心得のように、川井が念を押した。松田は頼りにならないと判明したので、本村たちはよりいっそう気合いをこめてうなずいた。

松田は「はて」といった表情でそんな一同を見ていたが、カップを取りあげ、またいつもと変わらぬ様子で冷めたコーヒーを飲んだ。

こうして迎えた学生実習の初日、松田研究室の面々は早くも、「終わっ……た……」と思った。

実験室に登場した松田が、深紅の地に蛍光ピンクのハイビスカス柄がちりばめられたアロハシャツと、黒のスラックスという出で立ちだったからだ。たしかに死神感は薄まったが、沈鬱な表情と相まって、二十年ぶりにバカンスを取った殺し屋か、歯痛に苦しむヤクザにしか見えない。

「どこで買ったんですかね」

「三年まえに沖縄で学会があったから、たぶんそのときでしょ」

と、加藤と岩間は小声で会話する。川井はなるべく松田を視界に入れないようにしつつ、黙って実験器具をそろえている。本村はそれを手伝いながら、「アロハか。いいな、私も欲しい」と思っていた。

もちろん、松田を除く研究室の面々はそのあいだも、笑顔を忘れていない。それがまた異様な印象を与えたのか、実験室に集《つど》った学部三年生たちは、すっかり萎縮した様子だった。ド派手なシャツを着て眉間に皺を刻んだ教授と、貼りついたような笑みを浮かべる研究室のメンバーが、ピンセットやらカミソリの刃やらを準備して待ち受けているのだから、怯えるのも無理はない。

とはいえ、いざ実習がはじまると、学生はみんな真剣な表情になった。きちんと白衣を着て、やや緊張しつつ実験の手順を確認しあっているのが初々《ういうい》しい。実験が日常と化した本村たちは、よっぽど危険な薬品を使うときぐらいしか白衣を着なくなってしまった。

T大理学部の生物学科は、一学年の定員が二十名と少ない。生物学科のなかで、さらに人類学系と動植物学系にわかれるので、徹底した少人数教育だと言えるだろう。

T大の学生は本当に恵まれた環境だなと、本村はいつも思う。生物学科の教員は五十人以上いるのだ。本村が学部のときに通っていた私立大学も、優秀な教授陣と最先端の機器がそろっていたけれど、さすがにT大ほどの少人数教育は望むべくもなかった。

将来の研究者を育てるため、T大は万全の態勢を敷いているわけだが、そのぶん学生への要求も高い。税金で運営される国立大学に入ったからには、学生は勉学に励むのがあたりまえ、ということらしい。講義や実習をサボると、すぐについていけなくなって赤点を連発してしまうから、学生たちも必死だ。

今年、植物分野の実習を選択した学生は、全部で八人。男女比は半々だった。各自、実験テーブルに向かって作業する。松田と川井が先生として実験方法を指導し、岩間、本村、加藤はティーチングアシスタントとして学生たちを手伝う形だ。

松田が受け持つ学生実習は四日間、午後いっぱいを使って行われた。そのあいだ、本村たちは学生につきっきりになるので、自身の研究は一時棚上げにせざるを得ない。だが、本村は楽しかった。

最初はぎこちなくカミソリやピペットマンを操っていた学生が、みるみるうちに上達し、熟練の外科医のような手技《しゅぎ》を見せる。救いがたく不器用だと感じられた学生が、実は顕微鏡での観察能力には優れていて、だれよりも早く正確に細胞の変異《へんい》を見いだす。実験で出そろったデータを分析・読解するのに秀でた子もいる。

そういうさまを見ていると、ひとそれぞれ、長所や向いていることは必ずあるものなんだなと実感され、本村としても励まされる思いがした。なによりも、目を輝かせて実験に取り組む学生たちの姿は微笑ましく、応援したくなる。本村は、「試薬を変えてみたら」とさりげなくヒントをあげたり、遠心分離機の使いかたを教えたりと、実験室にちらばる学生たちの面倒を見た。川井、岩間、加藤も、熱心に学生を手助けしている。

そのおかげもあって、学生たちは次第に打ち解けてくれた。積極的に質問をしてきたり、休憩時間に雑談したりと、なかなかいいムードである。ただ、松田に対してだけは、やはりどこか遠巻きにしている状態だった。岩間と加藤の懇願により、松田は実習二日目からはアロハシャツの着用をやめ、ふだんの黒いスーツ姿に戻ったのだが、それがいっそう「得体の知れない教授」という印象を強めてしまったのかもしれない。

学生にびくつかれていることを、松田はまったく気にしたふうではない。飄々《ひょうひょう》と指導にあたり、的確に助言し、万が一にも学生がカミソリや薬品で怪我などしないよう、注意深く作業を見守っている。

本村はこっそりため息をついた。松田先生は、嚙めば嚙むほど味が出るスルメイカみたいなひとだから。四日間だけじゃなく、もっと時間をかけて先生と接するチャンスがあれば、学生さんたちにも魅力をわかってもらえるのだけれど。

学部三年生のために松田が準備した実験は、「形質転換《けいしつてんかん》したシロイヌナズナの葉を用いて、細胞分裂や細胞サイズを制御する遺伝子の効果を調べ、それぞれの遺伝子がどんな機能を持っているのかを探る」というものだった。この内容なら、薬品を使って葉を透明化したり、顕微鏡で細胞を見たりもできれば、DNAを解析する機械の使いかたも学べる。さらに、実験の技術だけでなく、実験データから推理するという思考のおもしろさも味わえる。四日間の実習期間にちょうどいい、よく練られた実験だった。「あらかじめ想定される答え」を出すことが目的なのではなく、試行錯誤し、それぞれが考えながら丁寧に実験、研究することが肝心なのだと、自然と感じられるような流れになっている。

松田先生みたいなひとに、私も学部生のときに出会えていたら。きっと、もっと早く研究を志していただろう。そう思って本村は、T大の学部生がうらやましかった。また、松田先生のよさが伝わりますようにと、気を揉みながら祈らずにはいられなかった。

死神みたいだけど、そのひとほんとは、学生のことをすごく考えてくれてる先生なんです！　だからお願い、松田研究室に来て。ソフトボール大会のためにも、一同、みなさまのお越しをお待ちしております！

案の定というか、学生実習が終わっても、松田研究室を訪ねてくる三年生はいなかった。

「卒業研究を松田研でしたい」と申し出てくれるひとがいるのではないか。そう期待していた本村たちはがっかりし、学生の訪問に備えて用意しておいたクッキーを自分たちの腹に収める。

「なにがいけなかったんでしょうねえ」

加藤はチョコクッキーだけを選りわけてつまむ。

「やっぱり初日のアロハじゃないかな」

川井は研究室の大机に向かう面々に、熱いコーヒーをついでまわった。

「いいえ、きれいなアロハでしたよ」

本村は言った。「むしろ、一日目のスーツとの落差が……」

「どっちにしろ、余計なこと言った私がいけない。ごめん」

頭を下げた岩間に、「ちがうちがう」と研究室の面々は首を振った。

「岩間さんのせいじゃないです」

「スーツやアロハが悪いのでもない」

「松田先生のムードがなあ……」

責任を押しつけられた当の松田は、学部の講義に出ていて留守である。

「たしかにね」

岩間はため息をついた。「服装の問題ってわけじゃなかったのかも。化学科の教授はスーツ率が高いけど、それが原因で学生の集まりが悪いなんて聞いたことないし」

「科によって先生の服装がちがうんですか？」

と本村は尋ねる。理学部B号館には生物科学系の研究室しか入っていないので、院からT大に来た本村は、そのほかの科の教授陣のことには疎《うと》かった。

「オーケストラの演奏者も、担当する楽器によって、けっこう性格がちがうっていうけれど」

と川井は言い、立って書棚からパンフレットを取ってきた。「理学部でも研究分野によって、先生たちの服装の傾向にちがいがある気がするんだ」

川井が大机に広げたパンフレットを、一同は覗きこむ。それは、理学部の一、二年生に向けた学科の案内パンフレットだった。各学科ごとに、教員の集合写真が載っている。

生物学科の教員は、B号館の階段の踊り場に集まって写真を撮っていた。

「なんでこんな薄暗い場所を選んだんでしょう」

と本村は首をひねった。

「研究室からすぐ行けて楽だからだろうね」

と、川井は確信を含んだ語調である。

教員の服装は、セーターにジーンズなど、ラフなものばかりだ。諸岡に至っては、いつもの作業着に茶色いサンダルを履いて写っている。

「パンフレット用の写真を撮る日は知らされてるはずなんだから、もう少しおめかしすればいいのに」

と岩間は嘆き、

「これ、便所サンダルじゃないですか⁉」

と加藤が驚きの声を上げた。「ほら、マジックで『3F』って書いてありますよ。三階のトイレのサンダルだ」

諸岡の隣に立つ松田のみが、黒いスーツを着ている。ただ、ノーネクタイだし、松田のまわりだけ暗雲が垂れこめているように見えるほど陰気そうなので、正装したという印象は残念ながら醸《かも》しだされていなかった。

「とにかく、細かいことにあまり頓着しない先生が多いんだな、ということがわかる写真だ」

と川井がまとめた。「そしてこちらが、化学科」

パンフレットのページをめくる。

「おおー」

化学科の教員の集合写真は、光差す屋外で撮られたものだった。全員が紺や黒のスーツをびしっと着こなし、ネクタイ着用率も五割を超える。

「ちゃんとした大人っぽい！」

「物理科もスーツ率が高いうえに、教員の人数もすごく多いわねえ」

一同はパンフレットに見入った。

「あっ。ここはちょっと、生物学科と似たにおいがしますよ」

加藤が指したのは、天文学科の教員の集合写真だった。

「本当だ。ジャケットを羽織ってる先生もいて、生物学科よりはちゃんとしてるが」

「髪の毛がぼさぼさしてるひとが多い！」

「やはり天高くに気を取られるあまり、直近の頭上はなおざりになってしまうのでしょうか」

一同は各学科の写真を眺め、勝手な論評を繰り広げた。

「たしかに、科によって雰囲気がちがいますね」

本村はうなずいた。

「特許にも直結しやすい化学科や、大がかりな実験設備が必要になることもある物理科は、外部との接触や交渉も多いからか、ちゃんとした服を着てるわね」

岩間はうらやましそうである。

「生物学科の先生が、ゆるすぎるんですよ」

加藤は肩を落とした。「まあ、素っ裸でも研究はできるわけですから、べつにいいんですけど」

「全裸は危ないよ」

本村はおずおずと異論を差し挟んだ。「薬品が飛んだりしたらいけないもの。せめて白衣は着たほうがいいと思う」

「全裸に白衣って、最悪に変態くさいじゃないの」

と岩間は言いながら、またチョコクッキーを取ろうとした加藤の手をはたいた。

「ちょっと加藤くん、プレーンのほうも食べてよ」

「僕が言いたかったのは、そういうことじゃないんだ」

と川井がこめかみを揉んだ。「生物科学専攻の先生たちは、たしかに服装が奔放だ。でも、情熱があるし、レベルの高い研究をしている。そこをわかってくれる学生を、気長に待つしかないんじゃないかな」

「植物の研究をしても、お金にはならないもんなあ」

加藤はぼやいた。「強引に研究室へ勧誘したところで、学生さんの将来に責任持てませんしね」

「博士号を取っても、大学や研究所のポストはなかなかないし」

と、岩間も遠くを見る目になった。

「景気が少しよくなると、そもそも院に進まずに、企業に就職したほうがいいと判断するひとも増えますからね」

本村は友人たちの顔を思い浮かべた。

「うん。それでも、研究したいという学生は必ずいる」

川井は言った。「何年か働いたあと、院への進学を選ぶひともいる。そういう情熱を持ったひとたちのためにも、僕たちは粛々《しゅくしゅく》と研究をつづけるまでだ。松田先生も、たぶん同じ考えなんじゃないかな。学生受けばかりを狙ってもしょうがないよ。結局は、研究への執念みたいなものがあるかどうかが問われる世界なんだから」

たしかにそうだ、と本村は納得した。本村たちが情熱を持って研究に取り組み、論文を書いたり学会で発表したりしていれば、それを見たやる気のある学生や院生が、いつか松田研究室に来てくれるはずだ。

そういうわけで、「松田先生改造計画」は中止となったのだった。

けれど本村は、完全に諦めてもいない。松田に取っつきやすさがもう少し必要なのも事実だ。実は本村が住むアパートの押し入れには、未使用の「気孔《きこう》Tシャツ」が一着しまってある。いま着ているものが古くなったときのために、予備として取っておいたぶんだが、あれを松田先生にあげてもいいかもしれない、と本村は思った。気孔Tシャツを着た松田は、植物の研究を志す学生の目に、きっと親近感が湧く存在として映るだろう。いい案だ、と本村は一人うなずく。

年の瀬が押し迫り、その後も慌ただしい日々がつづいた。すがすがしい気持ちで新しい年を迎えるためには、大掃除が不可欠だ。そう認識した松田研究室の一同は、ついに現実と向きあう覚悟を決め、ハタキや雑巾《ぞうきん》を手に取った。

「去年だって大掃除をしましたよね」

「したね」

岩間と川井が、本棚の整理をしながら話している。椅子に乗った川井が本棚のうえのほうにハタキをかけ、マスクをつけた岩間が各人のデスクに落ちてきた埃《ほこり》を台布巾で拭いている。

「なのにどうして、こんなに埃が溜まるんでしょう」

「一年に一度しか大掃除をしないからだろうね」

　不毛な会話を交わす二人をよそに、本村は松田の巣を片づける手伝いをしていた。衝立《ついたて》があるのをいいことに、ふだんは極力、松田の机まわりについては見て見ぬふりをしているのだが、改めて直視すると衝撃的だった。

　そもそもどこに机があるのかが、正確にはわからない。積み重ねられた論文雑誌や書籍や書類に埋もれてしまっているためだ。紙でできたかまくらのようなありさまだが、机の下だけは、辛うじてもののない空間が確保されている。椅子に座ったときに、膝を入れるスペースが必要だからだろう。

「先生」

　と本村は遠慮深く声をかけた。松田は最前から、掃除の手がまったく止まってしまっている。事務用椅子に腰かけ、紙のかまくらから発掘された論文雑誌に夢中だ。

「一応、床にある雑誌はタイトル別に仕分けました。机のうえに取りかかってもいいですか」

「ありがとうございます。ですが、机はこのままでけっこうです」

　けっこうな状態にはとても見えないけれど。本村はそう思ったが、口にはしなかった。だが、おとなしく引き下がるのも憚《はばか》られる惨状だ。

松田は、本村が自身のかたわらに立ち、埋もれた机に向けて未練がましい視線を送っていることに気づいたらしい。雑誌から顔を上げ、

「加藤くんのほうを手伝ってあげてはどうでしょう」

と言った。

「はい。でも先生、机がふさがってしまっていて、なにか不便はないですか」

「特になにも。パソコンは、こうすれば打てますし」

松田は立ちあがり、紙の山のてっぺんにあるノートパソコンに両手を載せてみせた。ものすごく鍵盤の位置が高いピアノを立って弾《ひ》くひと、みたいだ。

「提出しなければならない書類とか、探しにくいんじゃないかと思うのですが……」

「どこになにがあるか、だいたい覚えていますから」

松田は再び事務用椅子に腰かけ、腋《わき》に挟んでいた雑誌を膝のうえで開いた。「たとえば、机の一番うえの引き出しを開けてみてください」

本村は言われたとおりにした。引き出しのなかには、ペンや定規といった文房具類が雑然と収められていた。印鑑も無造作に転がっている。鍵がかからない引き出しな

のに、いいのだろうか。

「そこにエッペンチューブが入っているでしょう」

松田が腕をのばし、引き出しをかきまわした。印鑑がペンの下にもぐりこんでいくのを、本村は「あああ……」と見守った。

「ほら、ありました。差しあげます」

指さきで探りあてたエッペンチューブを、松田は本村の掌に載せた。本村はエッペンチューブを眺めた。茶色いなにかが詰まっている。薄べったくて丸い、小さな種のようだ。

「これ、なんですか？」

「ハバネロの種です」

松田はさっさと引き出しを閉め、また雑誌のページに視線を落とす。とにかく、なにがなんでも机まわりを掃除したくないらしい。部屋が散らかってるほうが落ち着くひともいるみたいだし、と本村は無理やり自身を納得させた。ハバネロの礼を言い、松田のそばから退散する。

川井は研究室の流し台をタワシで磨き、岩間は床に掃除機をかけていた。

「どうだった？」

と岩間に聞かれ、本村は首を振る。

「すみません、だめでした。松田先生の巣は、今年も鉄壁の防備を築いています」

「窓辺の鉢植えだけを見ると、素敵な空間なんだけどねえ」

岩間はため息をつき、

「しかたないよ」

と、川井もタワシを高速で前後させながら背中を丸めた。「虫が湧いてるわけじゃないんだから、よしとしよう」

「私、加藤くんの様子を見てきます」

本村は研究室を出て、理学部B号館の階段を下りた。エントランスのドアを開けると、乾燥した冬の空気が押し寄せてくる。本村は肩をすくめ、B号館の裏手にある温室へと足早に向かった。

温室は二階屋ほどの高さがあり、側面の窓もスイッチひとつで開閉できる本格的なものだ。諸岡からの苦情を受け、加藤が増殖させたサボテンの鉢はひとまず整理した。とはいえ、シダ植物もサボテンもまだまだ繁茂《はんも》しており、諸岡が愛するイモ類は苦戦を強いられているようだ。

　外から温室を覗いた本村に気づき、加藤がすぐに扉を開けてくれた。あたためられた温室のなかに入り、本村はほっと息を吐く。植物のにおいがする。水と土がまじったような、心地よいにおいだ。

「なにか手伝えることある？」

　本村が加藤に尋ねると同時に、林立するサボテンの向こうから人影が現れた。円服亭の藤丸だった。

「こっちは大丈夫ですよ」

　と加藤は言った。「藤丸くんに助けてもらって、鉢の移動も終わりました」

「こんにちは」

　と藤丸は言った。「まえに加藤さんからもらったサボテンが、元気なくなっちゃったんすよ。それで、相談に来たんです」

　植え替えなどができるように、温室の一角には作業台がある。藤丸が持ってきたサボテンは、そこに置いてあった。掌に載るほどのサイズだが、実際に載せたら大変なことになるなと容易に判断がつくぐらい、細く鋭いトゲがびっしり生えている。球形で愛らしいフォルムだけれど、たしかに、なんだかしぼんでしまっているようにも見える。

「これはノトカクタスって種類のサボテンで、わりと育てやすいんだ」

加藤は藤丸に説明した。「花もよくつけるほうだしね」

「それなのに、緑色がどんどん薄くなってるし、なんか全体的に縮んだ気がするんすよ」

藤丸は持参したサボテンを心配そうに眺めた。「俺が枯らしちゃったんでしょうか」

本当は触れて確認したいのだが、相手がサボテンなのでそれもかなわず、もどかしそうだ。

「いや、まだ大丈夫だと思う」

加藤はベテランの医者のように、威厳をもってあらゆる角度からサボテンを観察した。「この子は水がたりてないみたいだ」

「寒くなってからも、月に一度は水やりしてたんすけど」

「この鉢、どこに置いてる?」

「日中は店です。店の窓辺。俺の部屋だと、店が開いてる時間は無人になっちゃうから、冷えるかなと思って。夜は一緒に部屋に帰って、俺の枕もとにいますよ」

藤丸がサボテンのことをペットのように語るので、本村はおかしくてならなかった。だが、サボテンを「この子」と呼ぶ加藤にとっては、気になる部分はそこではなかったらしい。

「枕もとにサボテンを置くのは危ないよ。寝返りした拍子にトゲが刺さって、夜中に絶叫することになる」

「加藤くん、そういう経験があるの？」

本村がおずおずと聞くと、

「ええ、『サボテン愛好家あるある』ですよ」

と加藤は胸を張った。「それはともかく、日中も夜間も暖房の効いた部屋に置いてあるってことだよね。だとしたら相当乾燥するから、水やりはもっと頻繁にしなきゃだめだ。いくらサボテンといっても植物なんだから、水がなかったら枯れる！」

加藤の勢いに呑まれたようで、藤丸はおとなしくうなずいた。加藤はじょうろに水を汲んできて、藤丸に手渡す。

「しぼんじゃったサボテンには、たっぷり水をやるといい。鉢の下から水があふれるぐらいに。一日か二日で、ポンッともとどおりふくらむよ」

「はい」

藤丸は慎重にじょうろを傾け、鉢に水をかけた。

「元気になったら、土の表面が乾いたタイミングで水やりをすること。ふだんは、あふれるほど水をやると根が腐ってしまうから、注意して」

「はい」

水やりを終えたサボテンを、藤丸は慎重な手つきでレジ袋にしまった。ぶらさげて持ってきたらしい。

「俺、サボテンの育てかたをスマホで調べたんすよ」

と藤丸は言った。「『冬の水やりは一カ月に一度程度』って書いてあったから、そういうもんなんだと思いこんで、ちゃんとこいつのこと見てなかったんだなあ」

「それはあくまでも目安だ」

加藤は手術を成功させた医者のように、満足げな様子で袋のなかのサボテンにうなずきかけた。「料理だって、食材の状態を見極めて、臨機応変に対応するだろ？　おんなじことだよ」

「そうか、そうですね」

藤丸は頭を下げた。「ありがとうございます、加藤さん。もう、サボテンをしぼませたりしません！」

「うん、きみに託したんだ。俺のかわいいノトカクタスを、頼むよ藤丸くん……！」

手を握りあわんばかりの熱さである。サボテンを介し、知らぬまにずいぶん仲良くなっていたんだなと、本村は驚き感心した。

加藤はもともとひとづきあいがうまいほうではなく、研究室に来た当初は「サボテンだけが友だち」といった感があった。たぶん、サボテンを好きな気持ちを、だれにもわかってもらえないと諦めていたのだろう。

サッカーや野球や音楽や本を好きなひとに比べると、サボテン愛好家の数は少ないはずだ。しかも加藤は、物心ついたころからサボテンが大好きで、話が合う同年代の男子は皆無だったらしい。ほかの子が自動車やら電車やらに夢中なときに、動くものには目もくれず、とげとげした植物の生育に適した土を探していたというのだから、「それは友だちからちょっと遠巻きにされただろうな」と本村ですら思う。

そんな経験が積み重なって、加藤は口下手になった。サボテンを愛していることを、特に親しいひと以外には表明せず、しかし心は常にサボテンでいっぱいなので、最低限の社交を要求される場でもしゃべりたいことがなにもない、という悪循環に陥《おちい》った。結果として、「加藤くんて、なんか暗いし、なに考えてるのかよくわかんないよね」と、中学でも高校でもクラスメートから評されていたのだそうだ。加藤はひたすらサボテンのことを考えていたのだが、その事実は周囲に伝わりようがなかったのである。

加藤はT大の理学部から、そのまま院に進学した。学部生のころは、植物ではなく動物の発生について主に学んでいた。サボテンを愛するあまり、正面から向きあって研究対象にするのが、なんだかこわかったのだそうだ。

「やりたい仕事と向いてる仕事は、往々にしてちがうもんだよ」と、本村の友だちは言う。その友だちは、理系の学術書を手がける出版社に就職した。編集者になりたいと思って入社したのだが、営業に配属され、最初は愚痴をこぼしていた。だが、一年ほど経つと、営業にもやりがいを見いだしたようで表情が明るくなった。

「書店員さんと話すのが楽しいし、理系分野に興味がないひとに、どうしたら本を手に取ってもらえるか、いろいろアイディアが湧くんだよね。案外、向いてたみたい」

加藤が当初、植物ではなく動物を専門にしていたのも、サボテンへの思い入れゆえに目が曇ることもなく、平常心で研究に取り組めると思ったからだろう。サボテンはこれまでどおり、趣味として育てていけばいい、と。

もうひとつ、「サボテンに特化した研究」が、植物学のなかでは非常に少数派であることも、加藤に二の足を踏ませていた原因だったかもしれない。植物の研究は、シロイヌナズナやゼニゴケといったモデル生物に基づいて行われることが多い。「サボテンの研究をしたい」と言っても、受け入れてくれる研究室があるだろうかと、加藤は不安を覚えていたそうだ。

だが、加藤のサボテン愛は日増しに高まっていった。院に進んで研究をつづけたい。どうせ研究するなら、自分がもっとも愛するものについて知りつくしたい。もう、目をそむけるのはやめだ。動物の発生学をやってみて、加藤はとうとう本心に気づいたのだ。俺は研究が好きだ。そして本当に研究したいのは、やっぱりサボテンについて、サボテンのトゲについてなのだ、と。

愛に正直になることを決意した加藤は、松田研究室を訪れた。松田の論文を読んだところ、研究対象はモデル生物だけに留まらず、腐生《ふせい》植物やイチョウなど、広範囲にわたることがわかったからだ。松田なら、サボテンの研究を自由にやらせてくれそうな気がした。

サボテンについて熱弁をふるう加藤に対し、松田は予想どおり、「それはおもしろそうですね」と言った。加藤は俄然やる気になり、院試に向けて猛勉強して、見事、松田研究室の一員となったのだった。

加藤くん、がんばったもんね。と本村は思う。院生になった当初は、研究室でも黙っていることが多く、温室でひたすら研究材料となるサボテンを増やしていた加藤だが、「せっかくサボテン愛に生きると決めたのだから、これではいけない」と考えたのだろう。いつのころからか、研究室の面々に積極的に話しかけ、育ったサボテンを見せてくれるようになった。本村たちはサボテンに詳しくないので、加藤から迸《ほとばし》る知識と熱量に圧倒されつつも、真剣に話に耳を傾けた。

それがよかったらしい。植物への愛をだれ憚ることなく語ってもいい環境に置かれた加藤は、サボテン以上に瑞々《みずみず》しく精神を育んだ。次第に、松田研究室以外の院生とも打ち解け、いまでは世界中のサボテン愛好家と、インターネット上で情報交換している。研究も着々と進め、トゲの透明化にも成功した。

「俺は臆病でした」

と、以前加藤は言ったことがある。「小さな鉢に無理やり押しこめられたサボテンみたいに、自分で自分の世界を狭めちゃってたんだなと、いまならわかります。これまでだって、俺がしゃべれば、サボテンに興味を持ってくれるひとはいたかもしれないのに、勝手に心のシャッターを下ろしてしまっていたんです」

なにかを愛しすぎて臆病になるというのは、多くのひとにとって覚えのある感情だろう。感じやすいお年ごろだった加藤が、「どうせだれにもわかってもらえない」と口をつぐんでしまったのは、しかたのないことだ。

だが、加藤はそこで終わらなかった。サボテンへの愛を力に、サボテンを介して、ひととコミュニケーションを取る方向へと転じた。えらいなあ、と本村が思う所以《ゆえん》だ。サボテン愛を否定されたり無視されたりするのは、加藤にとっては自分自身を否定され無視されるのと同じだろう。サボテンと向きあい、サボテンについてだれかに語りかけることには、愛が深く大きいからこそ、勇気が必要だったはずだ。

藤丸としゃべっている加藤の表情は明るい。出版社の営業をしている友だちと共通する表情だ。加藤も本村の友だちも、研究への愛を胸に、紆余曲折はあっても自分の居場所を見いだしたからだろう。なにかを大切に思う気持ちが、行く先を照らすことがあるのだと、かれらを見ていると実感される。あまりにも無邪気すぎる考えかもしれないが、現にシロイヌナズナの研究に打ちこみ、そこに楽しさを感じている本村としては、趣味でも仕事でもひとでもいい、愛を傾けられる対象があることこそが、人間を支えるのではないかと思えてならないのだった。

そうすると不思議なのは、やはり植物だ。脳も神経もない植物は、愛を必要としない。それでも光と水を糧《かて》に、順調に成長し生きていくことができる。食べ物があるだけでは決して満たされない人間とは、「生きる」という意味がまるでちがうみたいだ。どれだけ研究しても超えられない、植物と人間のあいだにある深い淵《ふち》の存在を感じる。同時に、植物の不思議さを研究することは、人間の不思議さを知ることに通じるのかもしれない、とも思う。同じ星に生きる植物が、ひとの姿と行いと愛を鏡のように映しだし、「おまえたちはどういう生き物なんだ？」と問いかけてくるかのようだ。

物思いに沈む本村のかたわらで、加藤と藤丸は即席の園芸講座を開催していた。温室の作業台に置いてある、何種類ものふるいに気づいた藤丸が、

「これ、なんに使うんすか？」

と質問したためだ。「料理に使うようなふるいだけじゃなく、もっと目の粗《あら》いもの

もありますけど」

「土の粒の大きさを、均一にするときに使うんだ。植える植物によって、粒の大きさを変える。好む水はけの具合がちがうからね」

加藤は温室の隅から、二種類の土の袋を運んできた。「土の配合も大事だ。俺は『赤玉《あかだま》』と『鹿沼《かぬま》』を使っている。どういう割合でブレンドするかで、水はけや水保《みずも》ちが変わる。まあ、俺ぐらいの達人になると、植物を見ただけで、だいたいどんな割合にすればいいか直感でわかるようになる」

「へえ、すごいですねえ」

藤丸が素直に感心したので、加藤はうれしくなったらしい。ちょうど、大きな鉢への植え替えを待つサボテンがあったので、それを使ってさっそく実演しはじめた。トゲに触れないよう気をつけながら、軍手をはめた手で鉢を傾け、全長十五センチほどのサボテンをころんと取りだす。

次に、トレイのうえで赤玉と鹿沼をふるいにかけた。赤玉はその名のとおり、赤い土。鹿沼は薄黄色の土だ。藤丸も手伝った。手首にスナップを利かせ、小刻みにふるいを揺らす。さすがはコックさんだけあって手慣れている、と本村は思った。

大ぶりのトレイのなかに、小粒な土の塊だけが選りわけられた。加藤がそこに肥料を入れ、両手で軽く混ぜあわせる。

「本当に料理みたいすね」

と藤丸は楽しそうだ。

新しい鉢にサボテンを立たせ、ブレンドした土を優しくまわし入れる。

「あまりぎゅうぎゅう押さえつけちゃだめだ」

と加藤は言った。「鉢ごとトントンと軽く台に打ちつけて、土を均《なら》せばできあがり」

「カップケーキを作るときと同じですよ！」

藤丸は目を輝かせた。「生地を練りすぎちゃいけないし、型に注《そそ》ぐときもそっとやれって、大将が言ってました」

「サボテンも生き物だし、カップケーキの原材料の卵や小麦粉だって、もとはと言えば生き物だから。優しく、押さえつけすぎずにっていうのが、共通するコツなのかもね」

と、加藤はうなずいた。

本村は、加藤の流れるような手際のよさと、料理を取っかかりに、異分野にもひるまず食らいついていく藤丸の好奇心とに感嘆していたが、ふと思い出してジーンズのポケットを探った。

「これ、さっき松田先生にもらったんだけど」

と、エッペンチューブを加藤に差しだす。「ハバネロの種なんだって」

「へえ」

藤丸がエッペンチューブに顔を近づけた。「円服亭のお客さんはお年寄りも多いから、ハバネロは使ったことがないんすけど、トウガラシの種にそっくりだ」

「ハバネロもトウガラシ属《ぞく》だからね」

と加藤は言う。

「いつごろ植えればいいんだろう」

本村は掌のうえでエッペンチューブを転がした。

「俺も育てたことないんで、よくわかりませんが、あったかくなってからがよさそうですね。調べておきますよ」

「うん……。加藤くん、育ててみない？」

本村がなぜそんな申し出をしたのか、加藤は察したようだ。作業台のうえを片づけ

ながら、

「ハバネロはそんなに難しくないはずですから、大丈夫ですよ」

と言った。「俺も手伝います」

「うん、そうだね。ありがとう」

本村はエッペンチューブをポケットにしまった。なんでも枯らしてしまう「茶色の指」の持ち主なので不安だが、種をもらったのは私なんだからがんばろう。

「いっぱい実ができたら、ハバネロオイルを作らせてください。激辛ペペロンチーノとかに使うと、おいしいと思うんすよね」

と、藤丸も食い気に走った応援をしてくれた。

播《ま》くのにちょうどいい時期が来るまで、ハバネロの種は本村が保管することになった。保管といっても、研究室のデスクの引き出しに入れておくだけだ。松田の引き出しだと、印鑑同様どこまでも沈潜していってしまうだろうから、本村が扱ったほうがまだましなはずだ。

本村たち三人は温室を出た。加藤が温室の出入り口に南京錠をかける。遺伝子を組み換えたものは温室には置いていないし、繁茂するサボテンやシダの大半は加藤がほとんど趣味で増やしたものなので、取り扱いにはさほど神経質にならなくてもいい。ただ、実験で使うこともある大切な植物だ。盗難に遭ったり、T大見物に来たひとが迷いこんだりしないよう、一応施錠する。

ちなみに、鍵は紐《ひも》に通して、加藤が肌身離さず首から提げている。松田研究室の面々が温室を利用したいときは、加藤から鍵を借りる。体温でぬくもっているので、「生々しい」と不評である。「諸岡研究室が持ってる鍵を借りたい」と、岩間はいつも嘆いている。

温室の掃除を結局手伝えなかったなと思いながら、本村は加藤と藤丸とともに理学部B号館のほうへと歩いた。藤丸が提げたサボテン入りのレジ袋が、枯れ葉を踏むような音を立てた。本物の枯れ葉は、木の枝にも掃き清められた道にも見当たらない。落ち葉の季節はとうに過ぎ、本格的な冬がやってきている。

「大事なことを忘れてました」

と、B号館のエントランスまえで藤丸が言った。「明日、忘年会の予約を入れてくれてるじゃないすか。いま、宴会コースの準備をしてるんすけど、大将が、『揚げ物はトンカツと唐揚げ、どっちがいい？』って」

「唐揚げかな」

「トンカツ！」

本村と加藤は同時に答えた。

「わかりました、唐揚げですね」

藤丸はうなずき、「じゃあ明日、七時に。お待ちしてます」

と赤門のほうへ去っていった。

「サボテンの診察をしてあげたのに……」

自身の要望が華麗にスルーされ、加藤は納得がいかない様子だ。

藤丸が唐揚げを採用したのは、私情というかひいきなのではないかと、鈍《にぶ》い本村でもなんとなく見当がついた。藤丸の気持ちに気づいていない加藤は、

「もっと大きな声で言わないとだめだったかなあ」

と首をひねっている。

私よりも恋愛模様に疎いひとがいるんだ、と本村は勇気づけられ、直後に、「藤丸さんが唐揚げを選んでくれたからって、いまちょっと私、いい女気取りのこと考えた」と反省した。心のなかで、藤丸と加藤に詫びる。

しかし、円服亭の唐揚げを食べられるのはうれしい。トンカツもおいしいけれど、ビールにはやっぱり唐揚げだ。

「もう忘年会だなんて、信じられないね」

「研究してると、一年があっというまですねえ」

などとしゃべりながら、本村と加藤は松田研究室に戻った。


例年だと、忘年会は理学部B号館の松田研究室で行われる。飲み物とお菓子を持ち寄り、大机に携帯用のガスコンロを置いて、焼肉パーティーやお好み焼きパーティーをする。ほかの研究室のひとたちもにおいにつられて顔を出し、夜遅くまでどんちゃん盛りあがる。

そういうとき、本村たちに的確に指示を出し、材料の買い出しや料理の下ごしらえを手伝ってくれるのが、松田研究室の秘書、中岡《なかおか》だ。T大の近所に住む中岡は、もう五年ほど松田の秘書として勤務している。

サラリーマンの夫と高校生の娘二人がいる中岡は、事務作業に長けているだけでなく優しい人柄で、院生たちのことも我が子のように見守ってくれる。本村も、取れかけていたカーディガンのボタンをつけ直してもらったり、弁当のおかずをわけてもらったりと、日ごろから世話になっていた。

実験に使う薬品や道具の在庫が少なくなったら、松田研究室の面々は中岡に伝える。中岡は必要な数量を取りまとめて、出入りの業者に発注する。中岡が研究室の財布の紐を握り、ちゃんと管理しているおかげで、本村たちは安心して研究に打ちこむことができる。

中岡がなによりもすごいのは、松田の手綱《たづな》も握っているところだ。なんの書類をいつまでに提出する必要があるか、中岡はすべて把握している。提出期限が近づくと、中岡は松田をせっつき、面倒くさがってさきのばしにしようとする松田をうまくなだめすかして、書類を作成させる。松田の机まわりが混沌としていてもなんとかなっているのは、中岡のスケジュール管理能力と書類探索能力によるところ大だ。

「うちの娘たちも幼稚園生のころは、おもちゃを片づけなかったり、着替えをいやがったりしたのよ。そのときの経験が、松田先生を叱ったり褒めたりするのに活きてるわね」

と中岡は笑う。学者として植物学の世界で一目置かれている松田も、中岡にかかるとかたなしである。

研究室のみんなで忘年会などをする際は、料理の好きな中岡が、家で煮物や揚げ物を作ってきてくれた。一同が特に楽しみにしているのは、おいなりさんだ。俵型の大ぶりなおいなりさんで、酢飯に椎茸《しいたけ》やにんじんや鶏《とり》そぼろがたくさん入っており、とてもおいしい。焼肉やお好み焼きは、みんなでわいわい作って食べるためのサイドメニューで、テーブルの主役はむしろ中岡のおいなりさんだと言える。

しかし今年、一人で暮らす中岡の父親が腰を痛めてしまい、心配した中岡は年末年始を実家で過ごすことに決めた。夫の会社の仕事納めを待って、中岡一家はすぐに九州に向けて旅立つ。そのため、二十九日の夕方から行うのが常である研究室の忘年会に、中岡は参加できなくなった。

「ごめんなさいね」

と中岡は言った。「今年もおいなりさんを作ろうと思ってたんだけど」

事情が事情だから、松田をはじめ研究室の一同はもちろん、

「忘年会のことは気にせず、お父さまをお大事になさってください」

と答えた。だが、中岡のおいなりさんを食べられない忘年会が、味気ないのはたし

かだ。

「僕たちだけで忘年会をして、はたして成功するでしょうか」

中岡のいないところで、川井は松田に相談を持ちかけた。「もんじゃ焼きのできそこないみたいなびしゃびしゃのお好み焼きや、岩の硬さを兼ね備えた炭のごとき焼肉ができあがるんじゃないかと、不安でならないんですが」

川井と不安を共有した松田は、迅速な判断を下した。忘年会をプロの手に委ねることにしたのである。円服亭に忘年会の予約を入れるよう頼まれた中岡も、霧が晴れたような表情をしていた。自身の留守中に、院生のだれかがキャベツと一緒に指まで包丁で切り落とすのではないかとか、携帯コンロのガスボンベを爆発させるのではないかとか、気を揉まなくてよくなったからだろう。

「それじゃあみなさん、よいお年をお迎えください」

二十九日の昼まえに中岡は明るく挨拶し、研究室を辞した。中岡を見送った本村たちは、夜の七時から円服亭ではじまる忘年会まで、めいめいの研究を行う。

大掃除も済んですっきりした研究室で、本村は三時までメールチェックをしたり、インターネットサイトで探した論文を読んだりした。そうこうするうち、午前中に仕込んだシロイヌナズナの切片《せっぺん》が透明になったので、予約しておいた地下の顕微鏡室に籠《こ》もって観察に励んだ。記録を取り、写真も撮って、ふと時計を見たらもう六時をまわっている。地下で窓がないうえに、細胞を眺めはじめると夢中になってしまう本村の性質もあいまって、顕微鏡室にいると時間の進みが速い。

浦島太郎みたいに、私もあっというまにおばあさんになってた、ってことがありそうだな。そう思いつつ、本村は階段を上り、B号館二階の栽培室へ向かった。途中で行きあうのは見知らぬひとばかりだった、という事態は幸いにも起こっておらず、

「松田研、今年は忘年会やらないんだって?」

「ううん、やるにはやるんだけど、諸事情から円服亭でってことになったの」

などと、ほかの研究室の院生と立ち話をする。

栽培室のチャンバーでは、シロイヌナズナが順調に育っていた。本村は大晦日から一月三日まで、両親の住む家に帰る予定だ。加藤は今回は帰省しないそうなので、そのあいだ、シロイヌナズナの世話をお願いすることになっている。

本村はシロイヌナズナの生育にかかる日にちを数え、休暇のあいだに花や種をつけることがないよう調整していた。水やりの量や回数について紙に記し、チャンバーの

扉に貼っておく。加藤はこの紙を見ながら、各人が育てているシロイヌナズナの世話をするのである。ひとの少なくなった大学で、加藤が一人、栽培室や温室を経《へ》めぐるさまを想像する。自分に置きかえると、なんだかさびしいような気がしたが、緑に囲まれ、正確に水やりをする加藤は、本村の想像のなかでもにこにこと幸せそうだった。

シロイヌナズナの世話を終え、チャンバー内の温度と湿度を確認した本村は、三階の研究室に戻った。すでにだれもおらず、本村のパソコンのモニターに、「さきに行ってるよ」と岩間の字でメモが貼ってあった。

急がなきゃ、と思ったが、それが行動には反映されないのがマイペースな本村だ。いつもどおり、その日に行った研究について実験ノートに記す。

細胞の切片を、どんな配合をした薬品にどのぐらいの時間浸《つ》けたか。その細胞の顕微鏡写真もノートに貼りつけ、気づいた点などを書いておく。生育中のシロイヌナズナに関しても、成長の速度やチャンバー内の環境を記録に残す。本村はジーンズの尻ポケットに小さなメモ帳を入れていて、思いついたことや数値などをこまめに書きこんでいる。そのメモをもとに、日々、実験ノートをつける。

実験ノートは、実験や研究の正確性と信憑性を担保するものだ。松田は院生に、実験ノートのつけかたを徹底的に指導する。メモ帳を常に携帯することも、本村は松田から学んだ。

　曖昧な記述や、わかりにくい写真や図表が実験ノートにあると、松田の眉間の皺はマリアナ海溝ぐらい深くなる。それを見たものは血液が凍る思いを味わうことになるので、松田研究室の面々は論文執筆や発表だけでなく、その根本となる実験ノートについても決して手を抜かないのである。「日々の実験ノートなくして、正確かつ精妙な研究は成らず」だ。

　記入を終えた実験ノートを鞄にしまい、本村はパソコンの電源を落とした。身仕度をし、研究室の電気を消して廊下に出る。

　どこかの研究室で宴会をしているらしく、遠く声が響いていた。実験室のドアが開いており、なにげなく覗いたら、諸岡研究室の院生がピンセットを操っていた。目が合い、「よいお年を」と挨拶を交わす。

　一年が終わりに近づいたこの日も、T大理学部B号館ではいつもと変わらぬ時間が流れている。研究と笑いと真剣さに満ちた、本村にとってのかけがえのない日常の時間が。

赤門を足早にくぐって、ふと振り返る。イチョウの枝さきに、瞬《また》く銀の星がひとつ引っかかっている。コートの襟《えり》もとのボタンを留め、本村は白い息を吐きながら円服亭に向かった。

さきに着いた松田たちは、奥のテーブルでなぜかイチゴを食べていた。円服亭のドアを開けた本村は、店内のあたたかい空気に包まれてホッとしつつも、首をかしげる。まだ七時を十分ほど過ぎたところなのに、もうデザートまで到達してしまったのだろうか。

ドアベルの音に気づいた藤丸が、

「いらっしゃいませ」

とすぐに本村を出迎えてくれた。本村のコートを受け取り、コート掛けに掛ける。

店内は常連客らしきひとで満席だ。みんな笑顔で、乾杯したりハンバーグを頬ばったりしている。窓辺にはサボテンが置かれていた。藤丸が加藤に診察してもらったものだろう。前日とは打って変わって、見事にまんまるになっていた。

本村の視線のさきをたどった藤丸は、

「元気になりましたよ」

と笑った。「どうぞ、こっちです」

藤丸に案内され、奥のテーブルに近づく。松田研究室の面々は、皿に盛られたイチゴへ無心に手をのばしていたが、本村に気づくと、「遅かったね」「座って座って」「ビールでいいですか」「では、まずはビールを五つお願いします」と口々に言った。

本村は岩間の隣に座り、ビールの注文を受けた藤丸は、イチゴのへただけになった皿を持って厨房に姿を消した。

「すみません、お待たせしてしまって」

本村は頭を下げる。「あの……、どうしてイチゴを食べてたんですか?」

「ケーキの余りなんだって」

と岩間が言い、

「おなか減っちゃって、そしたら藤丸くんが『これ食べててください』って出してくれたんですよ」

と加藤が補足した。

「すみません、お待たせしてしまって」

と、本村はもう一度頭を下げる。そこへ藤丸が、ビールの入ったグラスをお盆に載せてやってきた。藤丸を手伝い、本村もグラスを一同に手渡す。

松田研究室の面々は、「一年間、おつかれさまでした」と乾杯した。藤丸はテーブルのかたわらに立ち、からになったお盆を腹で抱くようにして笑顔でそれを眺めていたが、

「さっき話が途中になっちゃいましたけど、イチゴの秘密ってなんですか？」

と話しかけてきた。

「ああ、そうだった」

川井が口もとについた泡をぬぐう。「イチゴのぷちぷちした部分、あれはなんだと思う？」

「え、種じゃないんすか」

「種だとすると、実の表面に種がいっぱい貼りついてることになるだろ？」

と加藤が口を挟む。「実が種をちっとも保護してないのは変だ」

「そういえば、そうすね」

「あのぷちぷち自体が、実なんだ」

首をひねる藤丸に、川井は言った。「種は、ぷちぷちのなかに入っている」

「えー！　でもじゃあ、俺が実だと思ってた、赤い部分は？」

「実の土台のようなものですね」

それまで黙っていた松田が言う。「我々が実だと思っているものが、実際は実ではない、というケースはほかにもあります。たとえばケンポナシは、小さな実のついた小枝全体が太ってきます。これを食べると、筋張った干しブドウのような感触で、香りはメロンぽいのですが、しかし太った部分は、実ではなく枝なのです」

「へええ！　枝を食べるんすか」

藤丸は目を丸くした。「知ってましたか？」

話を振られた本村は首を振った。

「イチゴのぷちぷちが実だということは知っていましたが、ケンポナシは見たこともありません」

「そう？」

すでに一杯目のビールを飲み干し、藤丸におかわりを所望しつつ岩間が言う。「けっこう見かける木だよ。うちの実家の近所の原っぱに生えてて、子どものころよく採って食べてた」

「岩間さん、実家は九州だっけ?」

川井の問いかけに、「そう」と岩間はうなずく。

「二日酔いに効くんだって」

「子どもなんだから、二日酔いは関係ないでしょ」

加藤が茶々を入れた。

「祖父がそう言ってたの。まあね、いまこそ近所にケンポナシの木があってほしいんだけどね」

「むろん、科学的に効能を分析せねばなりませんが、植物に関する昔からの言い伝えは、傾聴するに値します」

松田のグラスもすでにからである。「『ケンポナシ抽出物』が原材料に入っているガムを見たことがありますから、ケンポナシには言い伝えどおり、口内や胃をすっきりさせるなんらかの効果があるのでしょう」

そのとき厨房から、「おーい、藤丸!」と店主の円谷《つぶらや》が呼ぶ声がした。「いけね」と藤丸はあいたグラスをお盆に載せ、厨房へとすっ飛んでいく。

ビールのおかわりとフライドポテトと贅沢にもローストビーフが載ったサラダが運

ばれてきて、一同はしばし飲食に専念した。藤丸もあちこちのテーブルから声をかけられ、てんてこ舞いの様子だ。

「そういえば」

と川井が言った。「申請が許可されたので、来年、ボルネオ島に研究調査に行くことになりました」

「そうですか……」

松田はややうつむき、すぐに、「それはよかったです」とつけ加えた。

「いいなー！」

加藤がフライドポテトをぶんぶん振る。「俺も連れてってくださいよ。シダが欲しい」

「今回はもう定員いっぱい。なるべくシダも採ってくるようにするから」

「研究チームの構成は？」

と、岩間も目を輝かせている。

「日本側のパートナーは、R大の刈谷《かりや》さん。インドネシア側のパートナーは、現地のB大のブランさん」

「ベストじゃない。いつ行くんですか？」

「学部の春休みを利用しつつ、三月に三週間ぐらい」

「いいなー！」

とまた加藤がフライドポテトを振る。

「あんまり言いふらさないでくれよ」

川井は苦笑した。「ほうぼうから、『あれ採ってきてくれ』『この植物を探してくれ』って言われて、加藤くんのシダを持ってこられなくなる」

「わかった、内緒にします。でも、我慢できるかなあ。だってボルネオですよ。俺も一度でいいから行ってみたい」

ボルネオ島は中央部に広大なジャングルがあり、多様な動植物が生息している。険しい山もあるため、本格的な調査ができていない場所も多く、めずらしい植物に出会える。植物を研究するものにとっては、まさに楽園のような憧れの地だ。今回、川井が調査に入るのは、島の大半を占めるインドネシア領、カリマンタンと呼ばれる地域である。

「私はシロイヌナズナが研究のメインだから、特に頼みたいものはないけど……」

と岩間は言った。「松田先生はやっぱり、腐生植物ですよね。本村さんは？　いまのうちから『これを採ってきて』って言っといたほうがいいよ」

本村は最前から、松田の眉間の皺が深くなっているようで気になっていたが、貴重な植物を入手できるチャンスをまえに、胸が躍るのを止められなかった。

「私はモノフィレアをお願いしたいです。葉っぱがものすごく大きくなるんですよ。ボルネオには二、三十種ぐらいいるんですって。タイの近縁種《きんえんしゅ》に関する論文は読んだんですが、私ずっと、どうしても現物を見たいと思ってて。その細胞を調べたら、いまやってるシロイヌナズナの葉っぱを大きくする実験にも役立つんじゃないかと」

「おおー」

「本村さんが、一気にたくさんしゃべった……」

一同はどよめいた。無口なのは以前の加藤くんだと思ってたけど、ふだん私、そんなに細切れにしかしゃべってないのかな。研究室のメンバーから自分がどう見られているのかがうかがわれ、本村は少々気恥ずかしかった。

「わかった、研究室のみんなのぶんは、できるだけ採集してくるようにするから」

川井が請けあったので、一同は喜びとともに落ち着きを取り戻す。そこへ藤丸がやってきた。鶏の唐揚げが月見団子のように盛られた大皿を捧げ持っている。

「はい、おまちどおさまです」

湯気の立つ唐揚げに、みんな我さきにとフォークをのばした。ついでに白ワインに切り替えた。藤丸は忙しそうなので、ボトルとグラスを持ってきてもらい、あとは各自で勝手につぐことにする。

「たりなくなったら、ワインクーラーから自由にボトルを取りだしてください」

藤丸はフロアの隅を示した。「もちろん、あとで精算はしますけど」

そこにあるのは、どう見てもワインクーラーではなく、小型の冷蔵庫だった。円服亭で取り扱っているワインに高級なものはない。ほかの飲み物といっしょくたに、ふつうの冷蔵庫で保管しているらしい。

松田研究室にワインに一家言あるものは存在しなかったので、みんな満足してグラスを傾けた。唐揚げの山も、早くも半分ほど切り崩されている。

「おいしいわー」

岩間が目を細めて味わっている。たしかに、と本村もうなずいた。衣はサクッと、肉にはしっかり味が染みていて、ワインが進む。唐揚げにはビールが合うと思っていたけど、もうアルコールならなんでもいいや、という気分になった。

またテーブルににじり寄ってきていた藤丸が、

「その唐揚げ、俺が作ったんすよ」

ともじもじしながら言う。「大将秘伝のタレに一晩漬けたんすけど、途中で一回起きて、よく染みこむように肉を揉みました。揚げる油には、ゴマ油を混ぜて、風味が高くなるようにしてあるっす」

どうりで、と本村は感心し、

「リクエストしてよかったです」

と、また新たな唐揚げにかぶりついた。

川井は「なるほど」という表情になり、岩間は「愛が重い……」とつぶやいたが、本村と藤丸は気づかなかった。本村は唐揚げに夢中だったからであるし、藤丸は唐揚げを食べる本村を見つめるのに夢中だったからである。ちなみに、松田はなにやら物思いにふけっていたために、加藤はサボテン以外に関する愛には無頓着なために、唐揚げに揉みこまれた藤丸の恋情を感知せず、ただ「ショウガが適切に利いているな」としか思わなかった。

「ふぅじぃまぁるぅー！」

厨房のほうから怨霊のごとき呼び声がし、藤丸はすっ飛んでいった。弟子がフロアに出たきり、方向音痴な猟犬のようにちっとも戻ってこないのだから、店主の円谷がいらだつのも当然だ。

その後、藤丸は粛々とアクアパッツァを運んできて、鯛《たい》やらアサリやらムール貝やらプチトマトやらを各人の取り皿に彩りよくよそった。

「あとは、締めにオムライスかナポリタンか、一人ずつ選べます」

藤丸の言葉に、

「けっこうおなかいっぱいなんだけど」

と川井が音《ね》を上げ、

「十代の運動部員じゃないんだから、そんなに食べられないよ」

と岩間も悲鳴を上げる。加藤は若さゆえか、「どっちかっていうとオムライスかな」と食べる気まんまんだ。

本村は残念ながら満腹に近かったのだが、円服亭の看板料理への未練は断ちがたい。

「どっちもちょょっとずつ食べられるといいんですが」

と言った。

「わかりました、そうしましょう」

即座に藤丸が答えた。加藤の意向はまたしても却下され、大きめのオムライスと増量ナポリタンを、全員で少しずつ取りわけて味わうことになった。

しかし加藤はめげない。というか、藤丸の本村びいきに気づいていないので、炭水化物の摂取量が減ったことをさして恨みに思わなかったようだ。皿に取ったオムライスとナポリタンを一息にたいらげ、新たな話題を明るく振った。

「そういえばみんな、年末年始にどれぐらい植物に水やりすればいいか、ちゃんと書いてくれましたか？」

チャンバーにメモを貼った、と一同は答える。松田だけは、

「私は大晦日まで研究室で仕事をする予定ですし、元日も午後から出ますので、加藤くんの水やりを手伝いますよ」

とのことだった。それを聞いて本村は、「私は三が日をのんびり過ごしてる場合なのかな」とあせりを感じたが、ひさびさの娘の帰還を楽しみにしているだろう両親を思うと、いまさら計画の変更もしにくかった。ほかの面々はというと、「松田先生の

私生活はやっぱり謎だな。いやむしろ、私生活自体があるのかどうか謎だ」と疑問を深めていた。

「松田先生もいるなら、心強いです」

と加藤は言った。「みなさん大船に乗ったつもりで、お正月を楽しんできてください。帰るころには、シロイヌナズナをもっこもこに繁らせておきますから」

「加藤くんは帰省しなくていいの？」

岩間に尋ねられ、加藤は「いやあ」と頰を搔《か》いた。

「俺、兄貴が三人いるんですけど、それぞれ商社マン、外資系勤務、外務省勤務なんですよ。しかも全員、海外赴任中で」

「エリートなんだね」

と川井が言う。サボテン研究にのめりこむ加藤は、もしかして一家のなかで異端児扱いされているのでは、という懸念を川井が抱いたのが、本村にも見て取れた。率直な岩間は、

「そんなお兄さんたちがいるわりに、加藤くんの英語はあやしげだよね」

とからかう。

「兄貴たちの出来が妙によすぎるんですよ」

加藤は屈託なく笑った。「仲が悪いわけじゃないんですけど、とにかく話が合わなくて。それで、三人の兄貴が奥さんと子どもたちを連れて、正月に帰ってくるんです。家が満杯になっちゃうんで、俺は今回は時期をずらして帰省することにしたってわけです」

聞けば加藤には、合計で八人の甥姪がいるのだそうだ。たとえ実家が相当の豪邸であったとしても、それでは加藤の居場所はないなと、一同は納得した。

いつのまにか、店内から本村たち以外の客がいなくなっていた。本村は腕時計を見て、すでに二時間半ぐらい飲み食いしつづけていたことを知った。

ようやく一息つける状態になったらしく、円谷が厨房から出てきた。

「いつも藤丸がお世話になってるようで」

と、丁寧に礼を述べる。松田研究室の面々は恐縮して首やら手やらを振り、料理がいかにおいしかったかを精一杯伝えた。

表の看板の明かりを消した藤丸が、イチゴのロールケーキとコーヒーを運んできた。上品な甘さで、しっとり感とふんわり感が絶妙なロールケーキだった。満腹だったはずなのに、するすると胃に収まってしまう。

デザートを楽しむ一同を、隣のテーブルについた円谷が満足そうに眺めていた。藤丸は、椅子に座った師匠の肩を揉んでやっている。

「この時期は毎年、目のまわる忙しさですよ」と円谷は言った。「クリスマスに忘年会、しかもひよっこの面倒も見なきゃなんねえ」

ひよっことは、藤丸のことのようだ。

「忙しいのはありがたいけど、こっちも毎年、年を取りますからね。いつまで体がもつんだか」

嘆息する円谷を、

「大丈夫すよ！」

と藤丸が励ました。「師匠は年のわりにお盛んすから」

「おまえは日本語が不自由なんだよ。それじゃ俺が色ボケみたいだろ」

「まちがってないっす」

藤丸はぐいぐいと円谷の肩を揉む。円谷は「いてて、いてて」とうめきつつ、

「みなさんは研究で年中、忙しいでしょう」

と、少しバツが悪い様子で言った。「クリスマスなんて関係ないのかな」

「クリスマス……」

松田研究室の面々は、その単語をはじめて聞いたかのように目をしばたたいた。

「忘れてましたね」

と加藤が言い、

「すっかり」

と川井がうなずく。

「私は覚えていました」

本村はコーヒーの苦みを舌で転がす。「アパートで育てているポインセチアが、いつまで経ってもピンクにならず……。クリスマスまで粘ろうと決めてたんですが、その朝も箱を取ったら、やっぱり葉っぱは緑のままでした。短日《たんじつ》処理を諦めた日なので、印象深いです」

「いやいや、それ、クリスマスのエピソードとしておかしいですから」

と加藤は言い、緊張の面持ちで本村の言葉に耳を傾けていた藤丸が、にっこにこになって円谷の肩を高速で揉みしだいた。「いてててて」と円谷がうめく。

「私は今年のクリスマスも、彼氏と会えなかった」

岩間がため息をついた。「遠距離だからしょうがないけどね」

「岩間さん、彼氏いたんですか！」

と驚いたのは、人類の恋愛沙汰《ざた》に疎い加藤だけだった。奈良県にあるS科学技術大学院の院生と岩間がつきあっているのは、松田研究室のほかのメンバーにとっては周知の事実だったからだ。

「学会シーズンになれば、また会えます」

本村はそう慰めたが、

「まあねえ。でも学会のときは、お互い研究モードで恋愛どころじゃないからねえ」

と、岩間のため息は大きくなる。

一同は、なにも発言していない松田をうかがい見た。植物にはクリスマスという概念がないので、畢竟《ひっきょう》、松田の脳内スケジュール帳にも、「クリスマス」の文字はもとから記載されていないらしい。植物が生息しない星の風習を聞いたかのように、我関せずとコーヒーを飲んでいた。

円服亭は大晦日から一月三日まで休業だそうだ。円谷は箱根湯本の温泉ホテルを予約し、骨休めするらしい。藤丸は家族の住む家に戻り、ごろごろする予定だと言った。

「もちろん、サボテンも連れていきます」

「頼んだよ、藤丸くん！」

と、加藤と固く握手なぞしている。

楽しい宴はおひらきとなり、一同は「よいお年を」と言い交わして、円服亭をあとにした。

本郷通りに出て、本村たちは地下鉄の駅に向かう。松田だけは、

「研究室に戻ります」

と言った。

「こんな時間からですか？」

と本村たちは驚いたのだが、メールの返事を溜めこんでいるとかで、松田は通りを渡り、赤門の向こうの暗いキャンパスへと消えていった。

「明日もB号館で顔を合わせるかもしれませんが、とりあえずみなさん、また来年。お餅を食べすぎて、おなかを壊さないように」

と言い残して。

やはり今夜の松田先生は、なんだか口数が少なかった気がする。本村はそう思ったけれど、どちらかというと松田は無口なほうだ。ふだんとの差違が明確でなく、考えすぎかと思い直した。川井たちも松田の言動に違和感は覚えていないようで、「はー、食べた食べた」といつもどおりの様子だ。

一年の終わりとはじまりが近づく本郷の町に、本村の吐く白い息が溶けていく。空気は冷たく澄んでいる。来年こそ、シロイヌナズナの葉がぐんぐん大きくなるといいなと願いながら、本村は研究室の面々とともに、地下への階段を下りていった。


（下巻に続く）

『愛なき世界』二〇一八年九月　中央公論新社刊

文庫化にあたって、上下巻に分冊し、
『愛なき世界（上）』と改題しました。

モノフィレア…p.218

東南アジアの石灰岩地帯に生えるイワタバコ科の植物。モノは「1」、フィルスは「葉」を意味するように、一生のあいだに葉を1枚しか持たず、その葉を無限に成長させるという、他の種子植物とは異なった不思議な特徴を持つ。

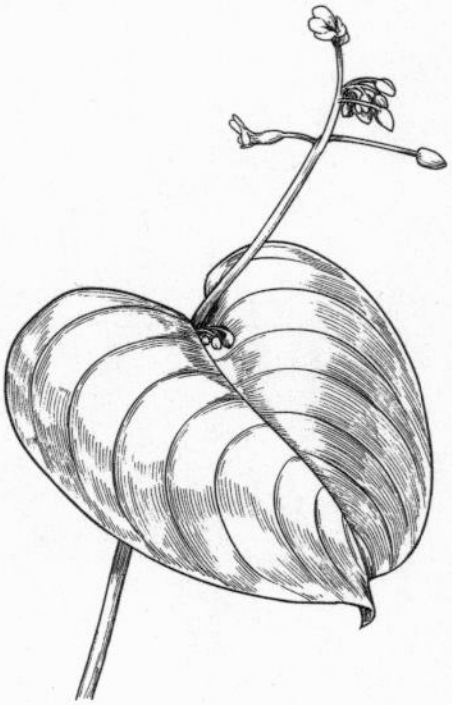

ヤグラオオバコ…p.259

オオバコはアジア各地の空き地や道ばたに生え、種子が人の足について広まる野草。葉は卵形で長い柄を持つ。ヤグラオオバコはその突然変異体で、花一つ一つに葉のような器官（苞葉）がつく。

イラスト／青井秋　デザイン／田中久子　監修／塚谷裕一　作成／編集部

MYB《ミブ》…p.24

植物の発生・分化など、さまざまな生命現象に関わる遺伝子のグループ。他の遺伝子の働きを調節する司令塔のように働く。

ムクゲ…p.25

中国が原産のアオイ科落葉低木。庭木や街路樹に広く用いられる夏の花。青紫、白、赤、ピンク、八重など多くの園芸品種がある。花は一日花で、朝に開花し、夕方にはしぼむ。韓国では国花として愛されている。

モデル生物…p.55

シロイヌナズナ、ゼニゴケ、大腸菌、マウスなど、成長が速く、飼育・培養も容易で、さまざまな実験手法が使えるなど、生命現象の研究に適した種類として選ばれた生物のこと。

フラボノール…p.157

植物界に広く存在する黄色〜白色の色素。花の色をつけたり、虫からの食害を防御したり、さまざまな生理活性を示したりする。黄色染料や高血圧予防などの医薬品にも用いられる。

変異体《へんいたい》…p.213

ある特定の遺伝子の塩基配列情報に異常が起きた個体のこと。

ポインセチア…p.145

メキシコ原産のトウダイグサ科常緑低木。高さは２〜３m。短日処理をすると秋のうちに苞葉《ほうよう》が赤くなり、よくクリスマスの装飾に用いられる。最近では原種の赤以外に、白、ピンク、複色などいろいろな品種がある。

抱水《ほうすい》クロラール…p.59

刺激性のにおいがある無色の結晶。鎮静・睡眠作用がある。水に溶かしたときの光の屈折率の高さを利用して、組織を透明にして観察するのにも用いる。

パキラ…p.145

中南米を原産とするアオイ科高木。カイエンナッツともいう。20mの高さで、一般に観葉植物として見られるものは鉢に小さく仕立てられたもの。実が熟すと種が弾け飛ぶ。

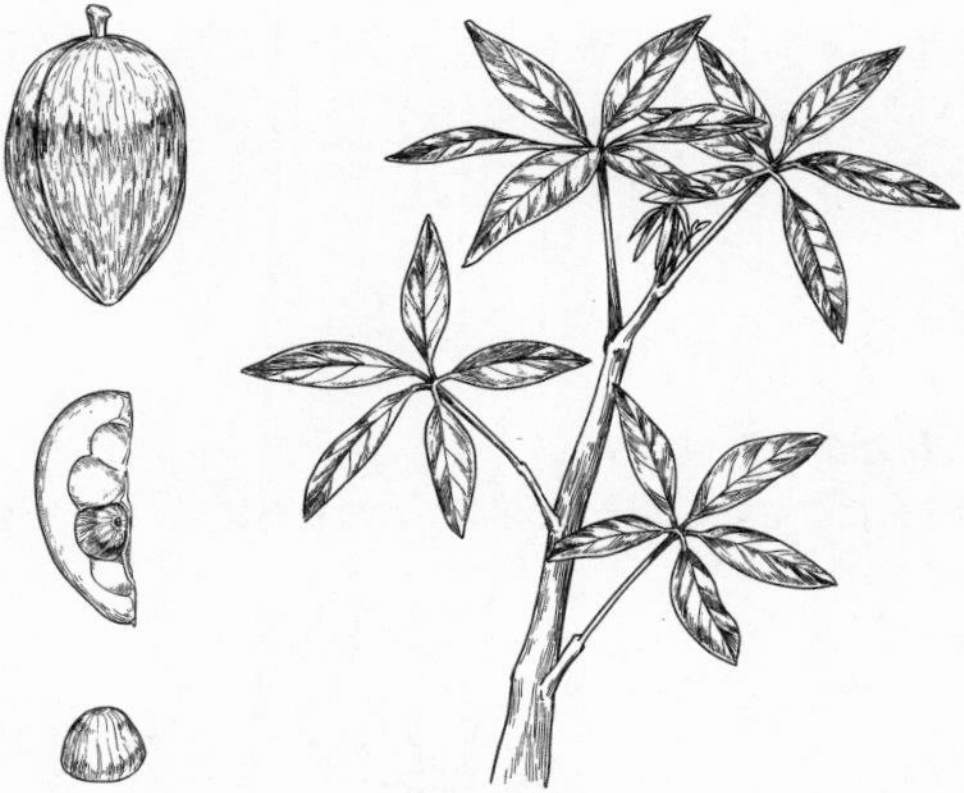

腐生植物《ふせい》…p.287

葉緑素を持たないため光合成をせず、根で菌類をとらえ分解して栄養源としている植物。最近は菌寄生植物、あるいは菌従属栄養植物と言い換えることが多い。犠牲になっている菌類の栄養源は森なので、「森を食べる植物」とも言える。

DNA…p.116

deoxyribonucleic acid（デオキシリボ核酸）の略。DNAは高分子の二重らせん構造を持つ。その構成ユニットはアデニン(A)、チミン(T)、シトシン(C)、グアニン(G)という4種の塩基で、その並びの順番は自由なため、4つの文字で文章を書くようにして遺伝情報がコードされる。これを塩基配列という。

ノトカクタス…p.282

中南米に分布する球状のサボテン。成長が速く、毎年花を咲かせる。

ゼニゴケ…p.287

日本全国を含め世界中の陰湿地に生える苔類《たいるい》。雄と雌に分かれ、体は深緑色をしており、表面に六角形の区割りがある。陸上植物の中で最も基本的な仕組みを残していると考えられて盛んに研究されている。

短日処理《たんじつ》…p.145

短日植物（日照時間が短くなると花芽がつく植物）の開花を促進するため、遮光して1日あたりの日照時間を短くすること。

ケンポナシ…p.307

…p.307

東アジアの温帯、日本では本州から九州の低山や原野に生えるクロウメモドキ科の落葉高木。果実は小さく、熟すと乾いて食べられないが、枝の部分が甘く熟し食用になる。韓国では乾燥して茶にする。

細胞…p.51

生物を構成する機能的な最小単位。植物やヒトのような真核の細胞では1細胞あたり1個の核があり、そこに遺伝子の情報をもつDNAが収められている。植物細胞は光合成のための葉緑体や形を保つための細胞壁を持つ。

シロイヌナズナ…p.54

アジアやヨーロッパなど温帯に広く分布するアブラナ科の1年草または越年草。高さは10～30cm、花弁は白色。和名の由来は、黄色の花を咲かせるイヌナズナに似ているが白色であることから。植物として最初にそのDNA配列が解読されるなど、活発に研究されている。

気孔《きこう》…p.49

維管束《いかんそく》植物（シダ植物や種子植物など）の表皮に見られる、向かい合わせにできた孔辺《こうへん》細胞の間に作られる隙間。光合成や呼吸、蒸散の際に空気や水蒸気の通路となる。

葉脈《ようみゃく》…p.19

葉の維管束（水や養分の通路）のこと。

葉柄《ようへい》…p.57

葉の柄《え》の部分。

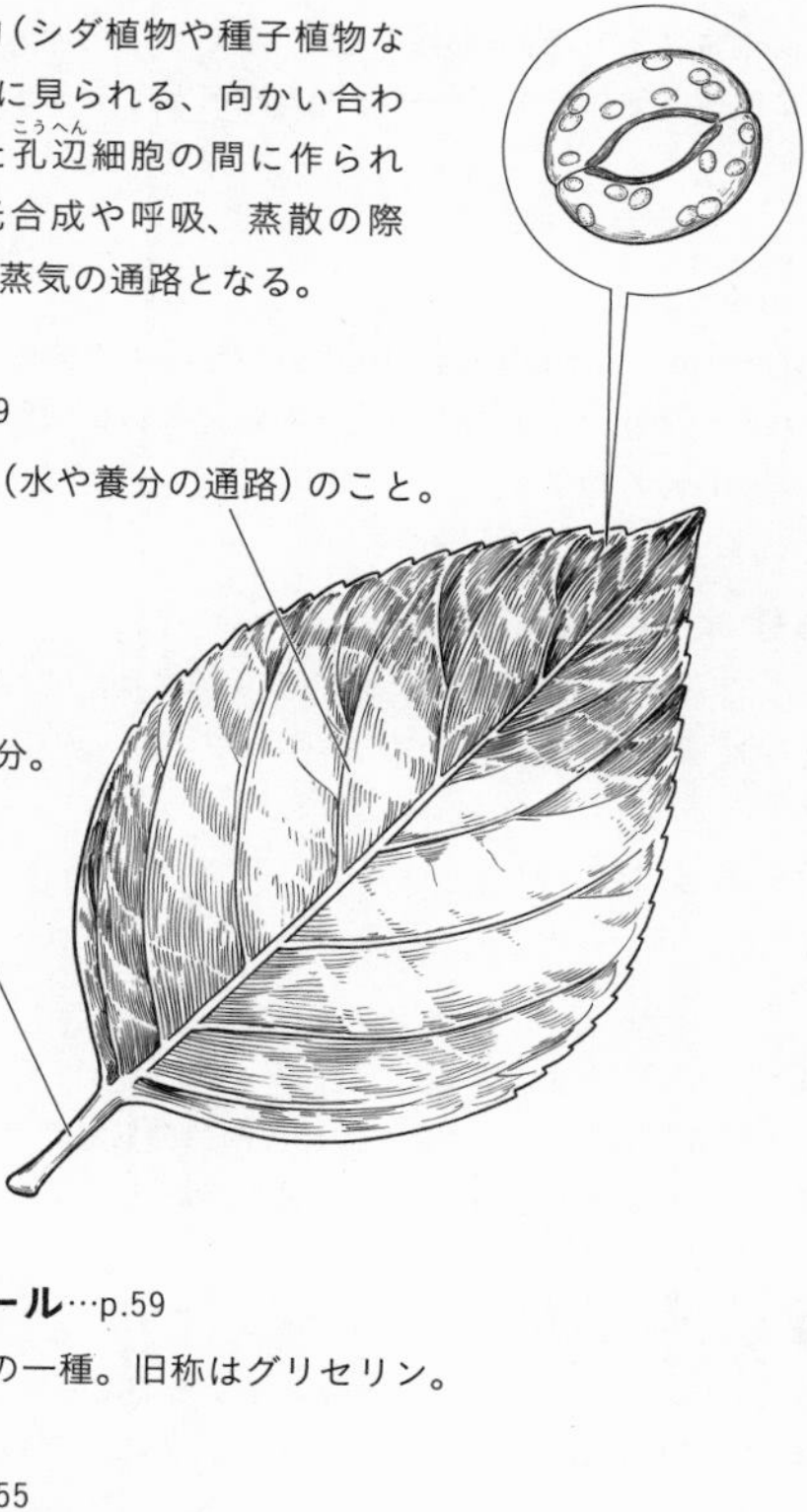

グリセロール…p.59

アルコールの一種。旧称はグリセリン。

ゲノム…p.55

ある生物が持つ全DNA情報のこと。

遺伝子…p.51
生物の性質を規定する因子。植物やヒトではDNAでできており、塩基配列の形で遺伝情報がコードとして書き込まれている。

ＦＡＡ《エフエーエー》…p.56
Formalin Acetic acid Alcoholの略。生物体の組織や細胞を腐敗や劣化から保護し、生きた構造に近い状態に置くために用いられる固定液。

塩基《えんき》…p.116
ここではDNAの構成単位になっている4種、すなわちアデニン(A)、チミン(T)、シトシン(C)、グアニン(G)のこと。

オーキシン…p.24
植物の成長・分化を促す植物ホルモンの一つ。

鹿沼《かぬま》…p.291
栃木県鹿沼市付近で採掘される黄褐色の粒状の土。保水性や通気性に優れ、園芸用土として広く用いられる。

寒天培地《かんてんばいち》…p.133
寒天(テングサ、マクサなどの海藻から抽出される多糖類)を用いて固めた培地(生物を培養するための栄養基盤)のこと。寒天は食用のレベルよりもさらに精製していろいろな実験に用いる。とくにアガロースと呼ばれるレベルに精製したものは、DNAの解析にも用いる。

用語解説

赤玉《あかだま》…p.291

有機物が少なく、保水性や通気性に優れた園芸土。黄褐色または赤褐色をしている。

移植ゴテ…p.172

野菜や草花を移植するための小型シャベル。

イチョウ(ラッパイチョウ) …p.233

中国原産とされる落葉高木。秋には葉が黄葉する。種子が食用の「銀杏」で、種皮は異臭を放つが中身はおいしい。「ラッパイチョウ」は葉の一部がラッパ状になる突然変異体。各地で古くから知られ、T大のモデルである東京大学構内にも見られる。

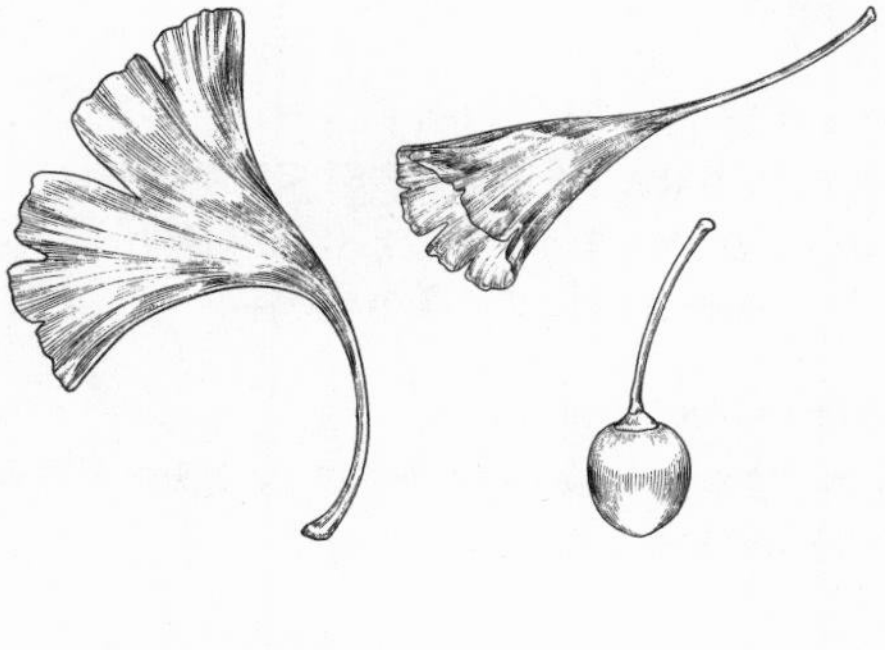

実験室の器具

①エッペンチューブ…p.56
ポリプロピレン製のごく小型の試験管（マイクロチューブ）のこと。1.5mLサイズを代表としてさまざまな容量サイズがあり、本体の先が閉じた円柱形または円錐形をしている。代表的なものにドイツのエッペンドルフ社製があることから、マイクロチューブ全般を「エッペンチューブ」あるいは「エッペン」と略して呼ぶことがある。

②遠心分離機…p.267
高速回転による遠心力を利用して、固体と液体を分離させる、あるいは水と油のように比重差が異なり溶け合わない液体同士を分離させる装置のこと。

③チャンバー…p.84
生物の育成や組織の培養に用いられる箱形装置。温度、湿度、照度、明暗周期を調節できる。

④ピペットマン…p.59
1mL以下の微量な液体を正確に量りとるための器具（マイクロピペット）のこと。ピペットマン（PIPETMAN）はアメリカのギルソン社製品名でこの器具の代表格。

⑤ロックウール…p.90
岩石を高温溶解し、繊維化させたもので、断熱材や吸音材、あるいは植物の培養に広く用いられる。

⑤
③
②
④
①

特別付録

藤丸くんに伝われ 植物学入門（上）

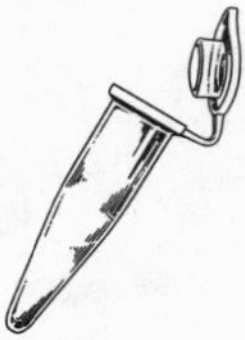

『愛なき世界』上巻に登場した実験器具や用語を解説します。
（あいうえお順、ノンブルは初出ページ）

中公文庫

愛《あい》なき世界《せかい》（上《じょう》）

2021年11月25日　初版発行

著　者　三浦《みうら》しをん

発行者　松 田 陽 三

発行所　中央公論新社
〒100-8152　東京都千代田区大手町1-7-1
電話　販売 03-5299-1730　編集 03-5299-1890
URL http://www.chuko.co.jp/

ＤＴＰ　ハンズ・ミケ
印　刷　大日本印刷
製　本　大日本印刷

Published by CHUOKORON-SHINSHA, INC.
Printed in Japan　ISBN978-4-12-207143-8 C1193

中公文庫既刊より

各書目の下段の数字はＩＳＢＮコードです。978－4－12が省略してあります。

み-51-1
あの家に暮らす四人の女
三浦しをん

父を知らない佐知と母の暮らしに友人の雪乃と多恵美が加わり、笑いと珍事に溢れる牧田家。ゆるやかに流れる日々が心の孤独をほぐす。織田作之助賞受賞作。

206601-4

か-61-1
愛してるなんていうわけないだろ
角田光代

時間を気にせず靴を履き、いつでも自由な夜の中に飛び出していけるよう…好きな人のもとへ、タクシーをぶっ飛ばすのだ！　エッセイデビュー作の復刊。

203611-6

か-61-2
夜をゆく飛行機
角田光代

谷島酒店の四女里々子には「ぴょん吉」と名付けた弟がいて……うとましいけれど憎めない、古ぼけてるから懐かしい家族の日々を温かに描く長篇小説。

205146-1

か-61-3
八日目の蟬《せみ》
角田光代

逃げて、逃げて、逃げのびたら、私はあなたの母になれるだろうか……。心ゆさぶるラストまで息もつがせぬ傑作長編。第二回中央公論文芸賞受賞作。〈解説〉池澤夏樹

205425-7

か-61-4
月と雷
角田光代

幼い頃暮らしをともにした見知らぬ女と男の子。再び現れたふたりを前に、泰子の今のしあわせが揺らいで……偶然がもたらす人生の変転を描く長編小説。

206120-0

か-61-5
世界は終わりそうにない
角田光代

恋なんて、世間で言われているほど、いいものではない。それでも……愛おしい人生の凸凹を味わうエッセイ集。三浦しをん、吉本ばなな他との爆笑対談も収録。

206512-3

な-64-1
花桃実桃
中島京子

会社員からアパート管理人に転身した茜。昭和の香り漂う「花桃館」の住人は揃いも揃ってへんてこで……。40代シングル女子の転機をユーモラスに描く長編小説。

205973-3

な-64-2
彼女に関する十二章
中島京子
五十歳になっても、人生はいちいち、驚くことばっかり――パート勤務の宇藤聖子に思わぬ出会いが次々と。ミドルエイジを元気にする上質の長編小説。
206714-1

か-81-1
発光地帯
川上未映子
食、夢、別れ、記憶……何気ない日常が、川上未映子の言葉で肌触りを一新させる。心のひだに光を灯す、切なくも温かな人気エッセイシリーズ第一弾。
205904-7

か-81-2
魔法飛行
川上未映子
お米のとぎ汁で大根をゆでる日がくるとはなあ――『きみは赤ちゃん』の川上未映子が大震災をまたぐ波瀾の一年を綴る、日記的エッセイシリーズ第二弾。
206079-1

か-81-3
安心毛布
川上未映子
ふつうに人生を生きてゆくことが相も変わらぬ椿事――妊娠・出産・子育てと、日常に訪れた疾風怒濤の変化を綴る日記的エッセイ三部作、ついに完結。
206240-5

か-57-1
物語が、始まる
川上弘美
砂場で拾った〈雛型〉との不思議なラブ・ストーリーを描く表題作ほか、奇妙で、ユーモラスで、どこか哀しい四つの幻想譚。芥川賞作家の処女短篇集。
203495-2

か-57-2
神様
川上弘美
四季おりおりに現れる不思議な生き物たちとのふれあいと別れを描く、うららでせつない九つの物語。ドゥ・マゴ文学賞、紫式部文学賞受賞。
203905-6

か-57-3
あるようなないような
川上弘美
うつろいゆく季節の匂いが呼びさます懐かしい情景、ゆるやかに紡がれるうつつと幻のあわいの世界。じんわりとおかしみ漂う味わい深い第一エッセイ集。
204105-9

か-57-4
光ってみえるもの、あれは
川上弘美
いつだって〈ふつう〉なのに、なんだか不自由……。生きることへの小さな違和感を抱えた、江戸翠、十六歳の夏。みずみずしい青春と家族の物語。
204759-4

各書目の下段の数字はISBNコードです。978-4-12が省略してあります。

か-57-5
夜の公園
川上弘美

わたしいま、しあわせなのかな。寄り添っているのに、届かないのはなぜ。たゆたい、変わりゆく男女の関係をそれぞれの視点で描き、恋愛の現実に深く分け入る長篇。

205137-9

か-57-6
これでよろしくて?
川上弘美

主婦の菜月は女たちの奇妙な会合に誘われて……夫婦、嫁姑、同僚。人との関わりに戸惑いを覚える貴女に好適。コミカルで奥深いガールズトーク小説。

205703-6

お-51-1
シュガータイム
小川洋子

わたしは奇妙な日記をつけ始めた——とめどない食欲に憑かれた女子学生のスタティックな日常、青春最後の日々を流れる透明な時間をデリケートに描く。

202086-3

お-51-2
寡黙な死骸 みだらな弔い
小川洋子

鞄職人は心臓を採寸し、内科医の白衣から秘密がこぼれ落ちる…時計塔のある街で紡がれる密やかで残酷な弔いの儀式。清冽な迷宮へと誘う連作短篇集。

204178-3

お-51-3
余白の愛
小川洋子

耳を病んだわたしの前に現れた速記者Y、その特別な指に惹かれたわたしが彼に求めたものは。記憶と現実の危ういはざまを行き来する、美しく幻想的な長編。

204379-4

お-51-4
完璧な病室
小川洋子

病に冒された弟と姉との最後の日々を描く表題作、海燕新人文学賞受賞のデビュー作「揚羽蝶が壊れる時」ほか、透きとおるほどに繊細な最初期の四短篇収録。

204443-2

お-51-5
ミーナの行進
小川洋子

美しくて、かよわくて、本を愛したミーナ。あなたとの思い出は、損なわれることがない——懐かしい時代に育まれた、ふたりの少女と、家族の物語。谷崎潤一郎賞受賞作。

205158-4

お-51-6
人質の朗読会
小川洋子

慎み深い拍手で始まる朗読会。耳を澄ませるのは人質たちと見張り役の犯人、そして……。しみじみと深く胸を打つ、祈りにも似た小説世界。〈解説〉佐藤隆太

205912-2

ほ-16-1
回送電車
堀江敏幸
評論とエッセイ、小説。その「はざま」にある何かを求め、文学の諸領域を軽やかに横断する――著者の本領が発揮された、軽やかでゆるやかな散文集。
204989-5

ほ-16-2
一階でも二階でもない夜 回送電車Ⅱ
堀江敏幸
須賀敦子ら7人のポルトレ、10年ぶりのフランス長期滞在で感じたこと、なにげない日常のなかに見出した秘蹟の数々……54篇の散文に独自の世界が立ち上がる。〈解説〉竹西寛子
205243-7

ほ-16-5
アイロンと朝の詩人 回送電車Ⅲ
堀江敏幸
一本のスラックスが、やわらかい平均台になって彼女を呼んでいた――。ぐいぐいと、そしてゆっくりと、読み手を誘う四十九篇。好評「回送電車」シリーズ第三弾。
205708-1

ほ-16-7
象が踏んでも 回送電車Ⅳ
堀江敏幸
一日一日を「緊張感のあるぼんやり」のなかで過ごしたい――異質な他者や、曖昧な時間が行きかう時空を泳ぐ、初の長篇詩と散文集。シリーズ第四弾。
206025-8

ほ-16-3
ゼラニウム
堀江敏幸
彼女と私の間を、親しみと哀しみを湛えて、清らかな水が流れていく――。異国に暮らした男と個性的で印象深い女たちの物語。ほのかな官能とユーモアを湛えた珠玉の短篇集。
205365-6

ほ-16-6
正弦曲線
堀江敏幸
サイン、コサイン、タンジェント。この秘密の呪文で始動する、規則正しい波形のように――暮らしはめぐる。思いもめぐる。第61回読売文学賞受賞作。
205865-1

ほ-16-8
バン・マリーへの手紙
堀江敏幸
「バン・マリー」―湯煎―にあてた詩、音楽、動物、思い出深い人びと……愛しい日々の心の奥に、やわらかな火を通すエッセイ集。
206375-4

ほ-16-9
戸惑う窓
堀江敏幸
覗かずにはいられない。大聖堂の薔薇窓、木造家の古窓……マチスは闇を、プルーストは不思議な絵画を見いだした。世界を一変させた「窓」を訪ねる二十五篇。
206792-9

各書目の下段の数字はISBNコードです。978-4-12が省略してあります。

ふ-2-5
みちのくの人形たち 深沢七郎
お産が近づくと屏風を借りにくる村人たち、両腕のない仏さまと人形――奇習と宿業の中に生の暗闇を描いた表題作をはじめ七篇を収録。〈解説〉荒川洋治
205644-2

ふ-2-6
庶民烈伝 深沢七郎
周囲を気遣って本音は言わずにいる老婆（「おくま嘘歌」）、美しくも滑稽な四姉妹（「お燈明の姉妹」）ほか、烈しくも哀愁漂う庶民を描いた連作短篇集。〈解説〉蜂飼　耳
205745-6

ふ-2-7
楢山節考／東北の神武たち 深沢七郎初期短篇集 深沢七郎
「楢山節考」をはじめとする初期短篇のほか、伊藤整・武田泰淳・三島由紀夫による選評などを収録。文壇に衝撃をもって迎えられた当時の様子を再現する。〈解説〉小山田浩子
206010-4

ふ-2-8
言わなければよかったのに日記 深沢七郎
小説「楢山節考」でデビューした著者が、武田泰淳、正宗白鳥ら畏敬する作家との交流を綴る文壇日記。巻末に武田百合子との対談を付す。〈解説〉尾辻克彦
206443-0

ふ-2-9
書かなければよかったのに日記 深沢七郎
ロングセラー『言わなければよかったのに日記』の姉妹編（『流浪の手記』改題）。飄々とした独特の味わいとユーモアがにじむエッセイ集。〈解説〉戌井昭人
206674-8

う-9-10
阿呆の鳥飼 内田百閒
鶯の鳴き方が悪いと気に病み、漱石山房に文鳥を連れて行く……。『ノラや』の著者が小動物たちとの暮らしを綴る掌篇集。〈解説〉角田光代
206258-0

う-9-11
大貧帳 内田百閒
お金はなくても腹の底はいつも福福である――質屋、借金、原稿料……飄然としたなかに笑いが滲みでる。百鬼園先生独特の諧謔に彩られた貧乏美学エッセイ。
206469-0

う-9-5
ノラや 内田百閒
ある日行方知れずになった野良猫の子ノラと居つきながらも病死したクルツ。二匹の愛猫にまつわる愛情と機知とに満ちた連作14篇。〈解説〉平山三郎
202784-8